LA FEMME DU MONSTRE

Jacques Expert

LA FEMME DU MONSTRE

Éditions Anne Carrière

DU MÊME AUTEUR

La Longue Peine, avec Emmanuel Laurentin, Calmann-Lévy, 1989.
Gens de l'Est, La Découverte, 1993.

ISBN : 978-2-8433-7474-6

www.anne-carriere.fr

1.

Samedi, 8 h 16.

Le premier que j'avais aperçu était le brigadier-chef Jean-Pierre Ferchut. Si je me souviens aujourd'hui bien de lui, c'est parce que cet homme a toujours été poli avec moi. Respectueux, même dans les moments les plus difficiles. Et Dieu sait que j'ai eu à en affronter dans les jours et les semaines qui ont suivi ce samedi matin. La politesse et le respect, ce n'est pas ce qui caractérise le mieux ses collègues de l'hôtel de police de Laval, place Mendès-France (je ne me souviens pas du numéro).

Il se tenait bien droit, presque raide, sur le pas de la porte. Il avait sonné d'un coup bref, comme pour ne pas déranger, et je lui en fus aussitôt reconnaissante. Pas des façons de cow-boys comme on en voit trop souvent dans les séries policières à la télévision et que, je l'avoue, j'apprécie. Mais je dois dire que les manières du brigadier-chef Ferchut n'avaient rien de commun avec ce que j'avais coutume de voir. Quand on n'est pas une habituée des commissariats et qu'on a des policiers la seule impression laissée par le petit écran, c'est une bonne surprise.

Si je parle de cela pour commencer mon récit, ce n'est pas bêtement pour le flatter, mais parce qu'il est important de signaler que la police peut aussi se comporter avec politesse même quand les circonstances peuvent expliquer (sans les excuser) bien des dérapages.

Par l'Interphone, le brigadier-chef avait décliné aussitôt sa qualité de policier. Il avait demandé sur un ton très calme, posé :

« C'est bien ici qu'habite M. Simon Darget ?

– Oui, je viens vous ouvrir. »

Le brigadier-chef se tenait donc sur le pas de la porte, accompagné de deux collègues visiblement plus jeunes. Une voiture de police était garée correctement sur le trottoir d'en face, côté pair, où c'est autorisé du 15 au 31 de chaque mois.

Je les avais observés à travers le rideau de tulle blanc de la salle à manger qui donne sur la rue Pierre-Lescot. Nous habitions au numéro 21. Ce samedi matin-là, bien qu'il ne fût que 8 h 16 à la pendule, que j'avais consultée autant par réflexe que par habitude, j'étais déjà habillée, coiffée et maquillée. Je n'aurais pas aimé ouvrir à la police sans être présentable. Une exigence qui vient sans doute de l'éducation que j'ai reçue, mais aussi parce que Simon n'aimait pas me voir négligée.

Pour leur ouvrir, j'avais simplement retiré mes chaussons pour mettre une paire de bottines noires. En sortant, j'avais fait bien attention à ne pas faire de bruit pour ne pas réveiller Simon qui a le sommeil très léger. Aussi, je me doutais que le rapide bruit de sonnette l'avait probablement dérangé.

Le brigadier-chef était suivi de deux policiers en tenue, de grade inférieur puisque c'était lui qui avait pris la parole et que les deux autres s'étaient positionnés légèrement en retrait. Son uniforme était impeccable – pas une tache ! – à l'inverse de celui de ses collègues. Bizarrement, il avait pris soin de retirer sa casquette avant de demander d'un ton neutre :

« Madame Darget ?

– Oui... C'est pour quoi ?

– Je me présente : brigadier-chef Ferchut. Nous souhaiterions voir votre mari. »

Il avait remis sa casquette en même temps que j'avais répondu que Simon dormait.

Je m'étais retournée vers le pavillon et j'avais aperçu Simon à la fenêtre de la chambre, à l'étage. Elle donnait elle aussi sur la rue Pierre-Lescot alors que les chambres des enfants étaient situées à l'arrière de la maison. Notre pavillon, acheté il y a un peu plus de trois ans, était composé au rez-de-chaussée d'une cuisine américaine avec salle à manger et d'un salon-télévision, et à l'étage de trois chambres et d'une salle de bains. Nous ne disposions malheureusement pas de cave, mais nous avions un garage sur le côté droit, suffisamment grand pour garer une voiture et pour ranger les outils. Simon était un très bon bricoleur et il avait réussi à aménager dans le fond, à droite, juste à côté de son établi, un coin isolé pour ranger « son » vin.

L'ensemble était bâti sur un terrain de 426 mètres carrés. Son prix : 184 000 euros sans compter les frais de notaire. Nous avions financé notre achat grâce à un prêt de 100 000 euros sur quinze ans. Ce prêt avait été très bien négocié par Simon auprès de la Société Générale, notre banque depuis toujours, à 4,74 % assurances incluses. Le reste provenait d'économies réalisées en treize ans de mariage et grâce à un apport de 25 000 euros des parents de Simon.

Quand nous avions acheté ce pavillon au Clos des hêtres, Simon avait été affirmatif : « Enfin, on va pouvoir se poser ! » J'en avais conclu, à l'époque, qu'il en avait assez de nos déménagements successifs dans tous les coins de la France, et moi aussi, je dois le reconnaître... Car, avec deux jeunes enfants, un peu de stabilité était la bienvenue. J'allais enfin pouvoir m'occuper de « notre » maison.

Avec encore plus de plaisir que par le passé puisque nous étions propriétaires pour la première fois.

J'ai oublié de préciser – mais j'y tiens – que je suis, comme on dit, une femme au foyer et très heureuse de l'être. Je ne travaillais plus depuis de nombreuses années. Il y en a certaines qui s'en plaignent, moi pas...

« On peut entrer ?

– Bien sûr. » Et j'avais osé : « Mais qu'est-ce que vous lui voulez, à mon mari ? »

Aucun n'avait répondu et ils m'avaient dépassée pour se diriger vers l'entrée que j'avais laissée entrouverte. Ce ne fut qu'une fois à l'intérieur que le brigadier-chef avait redemandé à voir Simon. Le tout sans énervement, très calmement, comme s'il s'agissait d'une simple formalité. J'étais rassurée par le ton employé par le chef, car, vous serez d'accord avec moi, quand la police sonne chez vous on peut craindre le pire. Aujourd'hui, quand je repense à ces instants-là, je me dis qu'ils s'y sont bien pris...

Je leur avais proposé un café, le temps d'aller prévenir Simon, et ils avaient accepté.

À la maison, il y avait toujours du café au chaud. Une bonne habitude que je tiens de ma famille. Je ne suis pas du Nord pour rien !

Les trois hommes étaient restés debout derrière le comptoir, sans dire un mot, me regardant simplement disposer les tasses blanches achetées il y a un mois chez le meilleur décorateur d'Usine Center. Ils n'avaient manifesté aucune impatience à voir arriver Simon. Comme moi, ils l'avaient entendu s'affairer à l'étage. Je leur avais signalé le bruit d'un geste du doigt pour leur indiquer qu'il n'allait pas tarder et le plus jeune des trois avait approuvé d'un mouvement de tête. D'un air de dire « on a le temps ». Il avait donc suffi d'attendre en espérant que Simon ne soit pas en pétard pour avoir été réveillé. Je ne le connaissais que trop : ses huit heures de sommeil étaient sacrées, moins, il montait vite en rogne. Je parle en connaissance de cause. J'avais eu à subir par le passé ses colères pour un bruit intempestif. Dans ces moments-là, il se mettait tellement en furie que je n'aurais pas été étonnée qu'il frappe ses propres enfants. Vous ne pouvez pas imaginer les précautions que nous prenions le samedi matin, avec les enfants, pour ne pas le réveiller de peur qu'il s'énerve à nouveau. Il était alors vraiment effrayant. Cependant, je veux bien le comprendre. Après les semaines éprouvantes qu'il passait, il avait un besoin impératif de ses huit heures de sommeil et, si par malheur il était réveillé, il n'arrivait jamais à se rendormir. Alors sa journée était gâchée et je préfère ne pas vous dire dans quel état il se mettait.

Mais, franchement, pouvait-il imaginer que la police sonnerait ce matin chez nous, et le réveillerait d'aussi bonne heure...

Je n'avais toujours pas osé évoquer avec eux l'affaire qui occupait le quartier depuis treize jours maintenant. Comme je ne savais pas quoi leur dire, j'étais restée muette, occupée à préparer le café et à les servir.

« Messieurs ! »

Nous ne l'avions pas entendu approcher. Simon leur avait tendu la main.

« Je me présente : Simon Darget. Qu'est-ce qui nous vaut cette visite matinale ? On peut dire que vous m'avez réveillé ! J'espère que c'est justifié ! »

Tout sourires, Simon m'avait semblé content de découvrir des policiers. Les trois fonctionnaires de police s'étaient contentés de se présenter à tour de rôle, le brigadier-chef en premier. Les deux autres étaient de simples brigadiers de police, Bernier et Bourgogne.

« Comme le vin ? avait demandé Simon en souriant. Je vous connais tous les trois. Vous étiez de la battue, dimanche dernier. Quelle journée ! Je m'en souviendrai toute ma vie. Tant de malheur dans les yeux des parents. Vous avez du neuf dans l'affaire ? Rien ? Alors, qu'est-ce qui nous vaut... ? »

J'avais fini de remplir les trois tasses et j'avais posé le sucrier sur le comptoir.

Simon était intervenu :

« Servez-vous, messieurs. Du sucre ?

– Nous avons une convocation pour vous. Il faut nous suivre au commissariat, monsieur Darget.

– Maintenant ?

– De préférence, oui. Comme ça, ce sera fait. Vous serez de retour chez vous en fin de matinée.

– Et vous savez pourquoi ? C'est en rapport avec l'affaire ? Si je peux rendre service...

– Vous savez, moi... J'ai seulement la convocation et on m'a dit que c'était mieux maintenant. Autant y aller, non ? »

Le brigadier-chef Ferchut avait parlé de ce déplacement au commissariat comme d'une évidence, une simple formalité à régler avant de passer à autre chose. Les deux autres avaient fixé Simon, et je les avais observés avec l'impression qu'ils ne savaient pas dissimuler leur émotion aussi bien que leur chef. Je suis incapable de dire si Simon avait senti que ces trois-là en savaient plus qu'ils ne l'avaient dit jusqu'à présent. Car il demeurait toujours aussi accueillant, souriant, plaisantant comme à son habitude.

« Allons-y. »

Les tasses étaient déjà vides et je m'étais apprêtée à resservir ces messieurs. Le brigadier-chef m'avait fait signe qu'il n'en voulait plus et il avait à nouveau insisté : « Allons-y vraiment, monsieur Darget. »

Simon allait partir pas rasé et, allez savoir pourquoi, cela me crispait. Simon s'en fichait bien puisque d'habitude il passait le week-end sans se raser, même quand nous sortions le samedi soir chez des amis. Et cela, je dois l'avouer, ne m'avait jamais beaucoup plu. J'avais bien tenté une fois de le lui dire, c'était à l'époque où nous habitions à Périgueux, mais depuis je m'étais abstenue. Inutile de l'énerver pour des « conneries », comme il disait. En revanche, il n'était jamais, je dis bien « jamais », parti au travail sans être rasé de près. S'il se laissait un peu aller le week-end, il était toujours impeccable pendant la semaine.

Pour l'anecdote, il changeait de rasoir électrique tous les deux ans. Je dois reconnaître que c'était bien pratique pour les cadeaux d'anniversaire. Il est vrai que, après tant d'années de mariage, c'était toujours un casse-tête de trouver une idée de cadeau. Il fallait trois idées pour Noël, la fête des Pères et son anniversaire. Heureusement qu'il était bricoleur... Je crois qu'il ne lui manquait plus rien ! Mais je tiens à insister sur un point, quel que soit le sentiment ou même le dégoût que vous aurez par la suite : nous étions « très famille » et, même après toutes ces années de vie commune, nous n'avons jamais manqué une seule célébration familiale. Quand Simon était en déplacement professionnel, ce qui, malheureusement, s'est trop souvent produit, nous attendions son retour. J'y tenais et Simon aussi. Je reste convaincue, aujourd'hui encore, que cela fortifie les liens au sein de la famille. C'est un ciment pour le couple.

J'avais été surprise qu'il précise qu'il n'était ni lavé ni rasé. Comme s'il voulait gagner du temps.

« C'est pas grave, monsieur Darget. J'aime autant qu'on y aille tout de suite, avait répondu le brigadier-chef. Plus vite on sera partis, plus tôt vous serez revenu.

– O.K., je monte prendre ma veste dans la chambre. »

J'étais intervenue mais je n'aurais pas dû, vu le regard qu'il m'avait lancé, pour indiquer que sa veste était au portemanteau dans l'entrée.

Alors le brigadier-chef Ferchut avait révélé ce qu'il avait caché jusque-là :

« On a retrouvé le corps de la petite, c'est pour ça que le commissaire veut vous entendre.

– Retrouvé, et quand ? » avait demandé Simon sans trahir la moindre émotion.

J'étais bouleversée. Si bouleversée de réaliser que la fin était proche que j'avais continué à préparer du café, machinalement.

Le brigadier-chef était demeuré d'humeur égale quoiqu'un peu plus grave :

« Hier soir.

– Et où ?

– Ça, je ne suis pas habilité à vous le dire, monsieur Darget. Vous en saurez sûrement plus au commissariat.

– Ah !

– Ben oui, on rappelle tous ceux qui ont approché de près ou de loin cette affaire.

– Pour moi, c'est de loin. J'ai simplement essayé de faire de mon mieux pour ces pauvres gens.

– C'est pour ça que ce ne sera pas long, avait coupé le brigadier-chef.

– Alors allons-y. Si je peux me rendre utile. »

Simon était calme, souriant presque. Il se disait prêt à aider l'enquête de son mieux. Et moi, j'avais ajouté que j'étais contente de constater la considération que la police lui portait, même si son rôle m'apparaissait mineur ; que nous connaissions à peine l'enfant et la famille, que je ne voyais pas en quoi mon mari pouvait être utile à l'enquête. Sauf, peut-être, parce qu'il avait été l'un des plus actifs du quartier pour aider aux recherches pendant toute la journée de dimanche.

« Mon mari est rentré épuisé et pourtant il est reparti pour participer au placardage des affichettes dans toute la ville. »

Simon avait fini son café d'une seule gorgée et avait pris l'initiative :

« Allez, les gars, assez traîné ! »

Après avoir enfilé sa veste verte, offerte à Noël dernier, il était revenu sur ses pas, s'était penché vers moi et m'avait embrassée sur le coin de la bouche. Je dois avouer que j'avais été surprise car ce n'était vraiment pas dans ses habitudes. Il avait alors murmuré, sans que les autres entendent :

« J'ai rien fait, crois-moi. Ils n'ont rien contre moi. »

Il s'était tourné vers les policiers qui l'avaient attendu à la porte :

« Messieurs, il faut toujours embrasser son épouse avant de quitter la maison ! »

Tandis qu'ils s'éloignaient – ils n'avaient pas refermé la porte d'entrée –, je l'avais entendu demander au brigadier Bourgogne s'il avait une femme.

« Malheureusement oui ! » avait répondu cet imbécile.

Ce fut la seule fois de ma vie que j'ai eu l'occasion d'entendre la voix du brigadier. Une voix avec un fort accent du sud de la France. Simon et lui avaient ri de bon cœur.

Il y avait tant d'insouciance et de spontanéité dans son rire que je m'étais demandé comment il avait imaginé pouvoir échapper, cette fois, à son destin.

2 ans, 4 mois et 26 jours plus tard : le procès

Je n'ai jamais autant vu de caméras et de journalistes de ma vie. Sauf à la télévision, quand on montre cette meute répugnante s'acharner sur une malheureuse victime. Ce matin, je réalise que c'est moi la malheureuse victime qui ne peut leur échapper, tellement ils sont nombreux au pied des marches. Tels des cancrelats.

En toute franchise, je n'aurais jamais cru que le procès de Simon attirerait un si grand nombre de curieux et provoquerait tant de haine, immédiatement palpable.

Comme une gourde, je mets les mains devant mon visage en traversant cette foule acharnée, qui m'interpelle par ce nom de femme mariée que je ne porte plus. Le nom d'infamie de l'homme qui va être jugé pendant cinq jours : Darget.

Pourquoi tant d'acharnement contre moi, alors qu'ils doivent tous savoir que je n'ai rien à me reprocher ? Faut-il m'en vouloir parce que j'ai été l'épouse de celui qu'on traite encore de « monstre », ce matin, dans le journal Ouest-France ? *Combien de fois je l'ai lu, je l'ai entendu ce mot : « monstre » ! Et moi, faut-il que je sois pour toujours la femme du monstre ? Est-ce simplement pour cela qu'ils s'acharnent sur moi, ce matin encore ?*

Je le pressens quand, poursuivie, seule et affolée, je monte en toute hâte les marches du palais de justice : les journaux télévisés vont montrer ce soir une femme honteuse, qui se cache et fuit les questions. Quelle idiote, mais, à cet instant, je veux seulement me retrouver à l'abri de ces journalistes fouineurs et dégoûtants. Ils nous ont fait tellement de mal pendant toutes ces années. Tant de mensonges, d'inventions et d'horreurs ont été racontés. Mais comment aurais-je pu réagir face à tant de méchanceté ? Impossible, sans doute, quand, aux yeux de tous, on reste la « femme du monstre ». Alors oui, on ne peut que laisser dire et écrire en ravalant sa honte et on finit par ne plus s'étonner de ce qu'on écrit sur votre vie. Cette vie qui leur appartient désormais.

Pensez un instant à ce que l'on ressent, face à tous ces regards qui vous épient dans les allées du Super U, le jour où Paris-Match *annonce en couverture « le témoignage bouleversant de la femme du monstre ». Des gens que je connais ont vendu les photos de notre mariage, des amis celles de nos vacances au club Sangho de Marrakech en 1997, et celles prises à un méchoui chez les Martinez à Aubagne en juin 2000, avec ces commentaires sur « la double vie d'un monstre ».*

Mais je jure sur la tête de mes enfants que je ne leur ai jamais confié, comme certains l'ont écrit, que je l'aimais encore. J'ai seulement accepté leur argent, 40 000 euros, en échange de photos sur « la nouvelle vie de celle qui cherche à tout effacer ». Ils ont eu la pudeur de masquer le visage de mes enfants en train de réviser leurs leçons avec moi, leurs livres et leurs cahiers étalés sur la table de la salle à manger. Une mise en scène à laquelle nous nous sommes prêtés de bonne grâce, dans l'espoir inutile que les gens qui découvriraient ces photos ne pensent pas trop de mal de moi. Pourtant, mes enfants savent bien que j'interdis qu'ils s'installent dans la salle à manger pour travailler. Ils ont leur chambre pour ça et j'ai horreur du désordre.

J'aimerais tellement qu'on m'oublie dans ma solitude tranquille, loin de Laval, réfugiée avec mes deux enfants dans une ville anonyme du Loir-et-Cher sous mon nom de jeune fille. Mais il a fallu que ce procès me rattrape et m'oblige à les affronter à nouveau, comme aux premiers jours. Dès le lendemain de son inculpation, les mauvais bruits s'étaient emparés du quartier, les voisins avaient commencé à nous maudire. J'avais rempli deux valises, tiré les volets et j'avais pris les enfants à la sortie de l'école.

Le premier soir, nous avions dormi chez mes parents, incrédules. Ils n'avaient pas cessé de répéter « ce n'est pas possible, ce n'est pas possible ». Sur l'instant, ils n'avaient pas voulu y croire. Ils s'y refusaient de toutes leurs forces. Trop de déshonneur, trop de désillusions. Trop de malheurs à venir.

Le soir, au journal de la première chaîne, Claire Chazal (vous vous rendez compte, Claire Chazal, une des femmes que j'admire le plus au monde !) avait commencé son journal en parlant de nous. Ils avaient montré le pavillon aux volets clos pour dire que la famille de Simon Darget, père de deux enfants mineurs, avait disparu dès qu'elle avait appris l'inculpation. Des gens que je n'avais pas reconnus avaient dit que nous étions des voisins discrets et agréables, des personnes sans histoires. Notre boulangère, Mme Mélori, a dit qu'elle était soulagée parce que « tout le quartier avait peur avec un tueur en liberté ». On avait vu des images de Simon menant les recherches et accrochant des affichettes pour retrouver la pauvre petite fille. Et surtout on avait entendu le père de la petite Sonia hurler sa haine et son chagrin. Nous étions allés au bout du reportage sans prononcer un seul mot et avions écouté la si douce Claire Chazal dire que Simon avait été inculpé de viol et d'assassinat sur mineure. Anéantis, nous avions continué à regarder le journal de Claire Chazal jusqu'au bout, de peur qu'elle ne reparle de nous. Mais elle n'était revenue sur le sujet qu'à la fin pour rappeler que dans l'affaire du viol et de l'assassinat de « la jeune Sonia », qui avait ému la France entière, un père de famille de quarante-quatre ans avait été inculpé.

Le lendemain matin, un couple de journalistes (ça va souvent par deux, ces saloperies) s'était présenté chez papa et maman. Je m'étais cachée avec les enfants dans la cave. Mes chers parents n'avaient pas voulu répondre mais ils s'étaient bien aperçus que la caméra tournait. Le soir, on les avait montrés au journal de Claire Chazal, tels que le drame les avait déjà transformés : deux vieillards abattus par un extrême malheur, claquant la porte à une équipe de la télévision. On avait entendu ces mots, hurlés comme un aveu par mon père : « Allez-vous-en. On n'a rien à dire. » Mais on avait l'impression qu'il disait : « Je sais tout, mais je ne dirai rien. » C'est terrible pour ça, la télévision. C'est horrible, croyez-moi, de se sentir coupable quand on n'est responsable de rien.

Je tends aux policiers la convocation :

« Je suis Mme Delecourt. On m'a dit de me présenter à huit heures et demie. »

Je lis bien dans leur regard qu'ils ont compris que je suis la femme de l'ordure qui mérite de crever comme un chien. Je ressens aussi leur pitié face à cette petite femme apeurée qui ne mérite pas le malheur qui s'est abattu sur elle.

Ces regards, dans lesquels je devine aussi de la curiosité, je ne m'y habituerai jamais. Pourtant ils me poursuivent depuis le premier jour. Ces regards veulent dire « quel drame », « comment peut-elle supporter tout ça ? » et surtout « comment ne s'est-elle aperçue de rien ? ».

Soudain une voix s'élève de la foule de mes poursuivants : « Le fourgon, il arrive ! »

Ils m'abandonnent aussitôt pour cavaler vers le convoi. Comme les rats qu'ils sont. Du haut des marches, je vois passer un fourgon bleu de la gendarmerie, précédé de deux motards et suivi par une voiture de police. Le convoi reste bloqué de longues minutes car la meute des journalistes l'empêche d'avancer davantage. Ils ont tout leur temps pour photographier et filmer l'homme à travers les vitres. De là où je suis, j'aperçois une silhouette assise entre deux gendarmes qui dissimule son visage sous une veste foncée. C'est Simon.

2.

De sa main gauche, Simon avait saisi mon poignet avec autorité tandis que celle de droite me caressait le visage et pinçait ma joue. Sa langue s'était insinuée dans mon oreille. Comme la première fois où il m'avait amenée ici avec la promesse d'émotions fortes, je m'étais laissé faire sans imaginer une seconde pouvoir lui refuser ce petit plaisir. Déjà, je ne savais pas comment lui résister.

Nous étions dans la voiture depuis dix minutes. Il avait garé sa Renault Clio rouge dans un coin sombre du parking. Pas très loin de nous, j'avais aperçu en arrivant d'autres couples dans leur voiture. Quelques ombres rôdaient aux alentours, je savais bien ce qu'elles faisaient là.

Simon avait posé ma main sur sa braguette déjà ouverte. J'avais dû d'abord le caresser et, quand il m'avait donné un petit coup sur le front, j'étais descendue le prendre dans la bouche. Il avait enfin joui, sans un bruit, et m'avait maintenu la tête sur lui, le temps qu'il ne soit plus en érection. Ses doigts avaient continué de me pénétrer le sexe et l'anus. Il avait seulement ajouté comme à chaque fois que nous nous retrouvions ici : « Avale tout. »

Je savais ce que j'allais découvrir derrière la vitre en relevant la tête : les ombres en train de se masturber.

« On se barre avant qu'ils salopent tout, les fumiers ! Regarde-les, si c'est pas dégueulasse ! »

Il avait démarré et j'avais entendu les ombres nous insulter. Cette fois, les trois hommes qui s'étaient collés à la Clio n'avaient pas eu le temps d'éjaculer. Simon avait ri : « T'inquiète pas, ils vont se rattraper avec d'autres. »

Vous pensez bien que je ne m'étais pas inquiétée pour eux (qu'ils crèvent, ces malades), bien sûr, j'avais seulement hâte de m'éloigner de cet endroit sordide et qu'il me dépose chez mes parents. J'avais eu peur, comme à chaque fois qu'il m'avait entraînée ici. Je m'étais demandé s'il le savait. Il était gentil, Simon, et j'avais tellement confiance en lui (et en notre amour) que j'étais certaine qu'il ne m'y aurait pas conduite s'il avait su que ce lieu et ces gens m'effrayaient. D'ailleurs, en me déposant, il m'avait embrassée dans le cou avec tendresse.

« On s'est bien amusés, hein, ma chérie ?

– Oui, oui.

– Tu m'aimes ? » m'avait-il chuchoté à l'oreille.

Qu'est-ce que je pouvais répondre d'autre que « Oui, mon amour. De tout mon cœur » ? Je l'aimais tant.

Simon était celui que je voulais. Il était beau, notre foyer serait une réussite, j'en étais sûre, et nous aurions des enfants ! Nous serions enviés de tous et surtout de toutes ces filles, imbéciles et futiles, qui lui tournaient autour. Elles pouvaient baver sur moi tant qu'elles voulaient, je me moquais bien puisque c'était moi, la « petite Delecourt », la fille tellement insignifiante, qui avait tiré le gros lot !

Et cet homme, beau et charmeur, m'aimait.

Nous allions nous marier dans vingt-quatre jours. J'avais vingt-deux ans et je n'avais pas encore fait l'amour, ni avec lui ni avec un autre homme. Je serai comme vierge ce jour-là puisque c'était seulement ses doigts qui m'avaient pénétrée.

3.

J'ai eu le mariage que j'avais tant désiré : robe longue, blanche, l'église après la mairie, les photos dans les jardins de la mairie avec les quatre enfants d'honneur assis à nos pieds, mon père m'avait conduite à l'autel tandis que ma tante Michelle avait joué l'*Ave Maria* à l'harmonium, le « oui » prononcé d'une voix douce, le baiser devant tous en se croyant seuls au monde, et même les grains de riz sur le parvis. Je ne crois pas que l'on puisse être plus heureux que pendant ces moments qui correspondaient au détail près à tout ce dont je rêvais depuis mon enfance. Ce fut une journée d'une exceptionnelle perfection, jusqu'à la valse dansée dans les bras de Simon pour lancer le bal sous les applaudissements de nos soixante-quatre invités. Des membres de nos familles et beaucoup d'amis de Simon. Il faut dire qu'il faisait l'unanimité. Il était séduisant, drôle, et avait une bonne situation. D'ailleurs, mes parents l'adoraient. Dans son discours, mon père avait dit qu'il attendait un gendre aussi parfait de la part de mes deux sœurs à la place des vauriens qui leur tournaient autour. Bien sûr, il n'y avait rien de vrai là-dedans, puisque ma sœur aînée, Sophie, était déjà mariée et mère de famille et que Béatrice était fiancée à un gentil garçon, fonctionnaire à la préfecture. Non, c'était sa façon de plaisanter, et mon père voulait faire partager à tous son plaisir de voir ses filles lancées dans la vie avec des gars bien. « Un gars super », c'est le pouce levé et en embrassant Simon que mon père avait achevé son discours. Évidemment, les invités avaient applaudi, Simon l'avait serré dans ses bras et je ne vous étonnerai pas si je vous dis que j'avais sangloté de bonheur. Tout le monde était venu m'embrasser et j'avais pleuré encore plus sans aucune envie de m'arrêter. C'était trop de plaisir de sentir les regards bienveillants de tous ces gens qui étaient là pour moi.

« J'ai une femme super ! a crié Simon pour paraphraser mon père. Musique, maintenant ! »

Et le disque-jockey ! C'était un ami d'enfance de mon cher époux, et il avait fait danser tout le monde tard dans la nuit en mélangeant savamment toutes les formes de musique, de sorte que jeunes et vieux s'amusent ensemble. Franchement, pour m'entraîner avec Simon, mes sœurs, mon père et tous les autres dans une chenille passant de table en table et en agitant des serviettes de papier blanc, il fallait être très fort ! Car, vous l'avez sans doute déjà compris, je ne suis pas de ces femmes qui extériorisent beaucoup. De tempérament, je fais plutôt dans la discrétion... Alors, chapeau, le disque-jockey !

Un vrai et vieil ami de Simon, ce Christian. Nous partirons plus tard en vacances à Arcachon avec lui, même si ce sont aujourd'hui des souvenirs que je préfère oublier. J'en parlerai sans doute plus tard mais, pour l'instant, restons sur cette journée inoubliable, et ce bonheur rare.

Et le menu ! Choisi avec maman chez un traiteur de Périgueux affilié à la prestigieuse chaîne de Potel et Chabot. C'était du moins ce qui était indiqué sur leur brochure.

Champagne cordon rouge en apéritif avec amuse-gueules de toutes sortes et canapés au saumon, une belle tranche de foie gras du Périgord, du bœuf en croûte, le trou normand, les assiettes de fromages et, pour couronner le tout, une pièce montée de plus d'un mètre de haut. Si copieuse que le cuisinier était reparti avec près de la moitié du gâteau. Moi, j'avais conservé le couple de mariés posé au sommet. J'y tenais tellement ! Pour le vin, un verre de sauternes en entrée, des bouteilles de bordeaux, Château les ducs de Blanquefort, pour le plat et le fromage, et encore du champagne cordon rouge pour finir.

Nous avions loué une salle de l'Hostellerie de Brantôme, un endroit réputé pour les fêtes, les mariages, les banquets et les séminaires. C'était ce qui se faisait de mieux dans cette partie du Périgord vert. L'établissement disposait de trois salles de réception et surtout de quarante-quatre chambres. C'était très pratique pour ceux qui préféraient dormir sur place, d'ailleurs près de la moitié de nos invités avaient pris une chambre. C'était plus prudent, vu l'état d'ébriété de certains...

Tout cela peut paraître sans grande originalité, j'ai d'ailleurs assisté à de nombreux mariages qui ressemblaient au nôtre, mais c'était un mariage comme celui-là que j'avais voulu. Un mariage auquel les gens comme nous étaient habitués, où l'on était content de voir les mariés heureux, où les rigolos de la famille faisaient des blagues sur la nuit de noce, et où une tante venait vous dire votre chance d'épouser un bel homme comme celui-là. Les époux s'échappaient les premiers en se tenant par la main, avant même les plus vieux.

Jamais, je crois, je n'ai été aussi heureuse que ce jour-là, avec la certitude que ce bonheur allait durer longtemps.

Nous étions montés sans un mot à la chambre qui portait, je m'en souviens, le numéro 35, au troisième étage, d'où on disposait de « la très belle vue sur le bourg de Brantôme ». C'était l'une des trois chambres nuptiales de l'Hostellerie. Elle était plus vaste que les chambres ordinaires, avec son coin salon où nous attendait une bouteille de cordon rouge offerte par la direction. C'est à des détails comme celui-là que l'on peut juger de la qualité d'un établissement. Convenez qu'ils savaient recevoir ! Notre chambre disposait d'une vraie salle de bains, avec « une baignoire jacuzzi » comme le promettait à juste titre le dépliant. En montant, Simon avait caressé mes fesses en passant sa main sous ma culotte. Sur le seuil, il m'avait pris les seins en les serrant à pleines mains. J'avais manqué pousser un cri tellement il pinçait fort le téton droit.

« Je bande comme un salaud. J'ai trop envie de baiser. »

À cet instant, je n'avais pas osé lui dire que je l'aimais très fort. Je le lui avais tellement répété tout au long de cette merveilleuse journée que j'avais eu peur de l'agacer. Enfin nous allions nous unir comme mari et femme. C'était ce que je désirais le plus, être M. et Mme Darget. Pour la vie.

« Tu vas faire ta putain, hein ? »

Depuis six mois et vingt-deux jours – le temps précis entre notre rencontre et ce 26 juin, jour de notre mariage –, je m'étais habituée à sa façon de parler dans ces moments-là. En toute franchise, après quelques mois passés ensemble, cela ne me choquait plus. Je croyais simplement que les hommes étaient comme ça, qu'ils aimaient bien être excités avant de passer à l'acte. Encore aujourd'hui, je reste persuadée que les femmes ne réagissent pas de la même façon. Simplement, mesdames, nous n'avons pas besoin de ça. L'amour nous suffit pour être heureuses dans l'acte charnel. Un acte important pour l'accomplissement d'un couple. Et désormais nous étions un vrai couple : M. et Mme Simon Darget. Ça, on ne me l'enlèvera jamais.

Cette nuit-là, celle de ma nuit de noce, j'avais tout accepté de lui, comme il me l'avait demandé. Je lui avais léché les testicules, l'anus, j'avais accepté d'y mettre mon doigt, puis deux, jusqu'à ce qu'il jouisse. J'avais frotté son sexe entre mes seins et il avait éjaculé sur mon visage en exigeant que je ne m'essuie pas. Il m'avait fait hurler des insanités que je n'ose pas répéter ici. Pourtant je les avais dites sans aucune retenue, rien que pour mon bonheur de le rendre heureux.

Mais il m'avait aussi pénétrée avec son sexe et avait pris son plaisir en moi, enfin apaisée de lui avoir donné ma virginité.

4.

Que dire de plus sur nos premiers mois de vie de couple, sinon que je n'en garde que de bons souvenirs ? Le bonheur est simple à décrire quand on est heureux. Le bonheur d'une vie paisible à Périgueux, où nous avons vécu exactement deux ans, un mois et trois jours. Comme je l'avais espéré, Simon s'était révélé un époux présent, attentionné et, j'oserais dire, aimant.

En trente mois et trois jours, je n'ai pas le souvenir d'une seule dispute entre nous. D'ailleurs, de quoi aurait-il pu se plaindre puisque je me montrais particulièrement docile, si vous voyez ce que je veux dire...

Simon avait une belle situation, pleine d'avenir, au sein d'une entreprise de transport routier, en tant que responsable logistique et informatique. Il gérait les déplacements de trente-deux camions à travers toute l'Europe. Certes, ses horaires n'étaient pas ceux d'un fonctionnaire, mais je ne me suis jamais plainte de dîner, et même parfois de dormir, seule. Me plaindre, Simon ne l'aurait pas supporté. J'avais un mari ambitieux et je me devais de partager son désir de réussite professionnelle. J'en étais très fière, car qui pourrait reprocher à quiconque de vouloir s'élever dans l'échelle sociale ?

De mon côté, je travaillais désormais comme secrétaire médicale dans un cabinet de radiologie. Bien sûr, mon salaire n'atteignait pas celui de Simon mais, au moins, je finissais à 17 h 30 tous les jours et je pouvais m'occuper de notre *home, sweet home*, une tâche à laquelle je me suis toujours appliquée tout au long de notre mariage, considérant à juste raison qu'une maison accueillante est le gage d'un foyer réussi. Cela peut vous paraître vieux jeu mais j'ai toujours considéré qu'une maison digne de ce nom se doit d'être propre et bien rangée. Que voulez-vous, je suis de l'ancienne école !

Sur ce point, je n'ai pas varié. Il ne faut pas avoir honte, mesdames, d'être également une bonne cuisinière. Les femmes d'aujourd'hui ont, à mon avis, beaucoup trop tendance à faire leurs courses chez Picard Surgelés ! Un homme revient toujours dans une maison bien tenue. Un homme aime se mettre les deux pieds sous la table...

Notre premier logement était un appartement de trois pièces, de 58 mètres carrés, situé tout près de la cathédrale. La rue était un peu bruyante et l'été j'évitais d'ouvrir les doubles fenêtres du salon. Heureusement, la chambre donnait sur la cour car, comme vous le savez, Simon avait horreur du bruit.

Un jour, à juste raison je dois le dire, il s'était fâché contre nos voisins du dessus, les Deltil, qui s'entêtaient à marcher sur le parquet avec leurs chaussures de ville, malgré nos nombreuses remarques. Amicales, au début. En plus, pour ajouter à nos agacements quasi quotidiens, leurs gamins cavalaient dans l'appartement à longueur de journée. C'était devenu invivable et Simon partageait mon avis : les gens sont vraiment sans gêne, ils ne pensent qu'à eux et se moquent des autres. À croire qu'ils le faisaient exprès.

« C'est quand même pas difficile de mettre des chaussons », avais-je dit amicalement à la Nicole.

Elle m'avait promis de faire attention désormais.

« Vous savez, nous ne sommes pas tapis », avait-elle tenté de se justifier.

« Nous ne sommes pas tapis », les gens ont de ces expressions...

Nicole était devenue, j'oserais dire, une bonne voisine (je n'irais pas jusqu'à dire une amie) et on se rendait souvent des services, surtout moi, comme c'est l'usage. Un jour, il faut que je vous raconte, elle m'avait demandé de garder ses trois morveux, le temps qu'elle se rende à l'hôpital où elle se faisait suivre pour une grosseur maligne au foie.

J'ai appris que la malheureuse était décédée deux ans plus tard. Cette maladie est un vrai fléau qui n'épargne personne, même les meilleurs d'entre nous, mais cette bonne femme, croyez-moi, personne ne la regrettera sauf ses trois morveux et son connard de mari.

Excusez-moi d'employer le terme de morveux pour parler des enfants mais, franchement, les siens étaient trois vraies saloperies, incapables de rester tranquilles. À vous dégoûter d'avoir des enfants soi-même ! Cet après-midi-là, j'avais cru devenir dingue de les voir s'agiter dans tous les sens dans mon appartement. Par bonheur, ils n'avaient rien cassé parce que je ne les avais pas lâchés pendant deux heures. Comme j'étais (et suis encore) une femme qui n'aime pas les fâcheries, je m'étais abstenue de toute remarque quand son benêt de mari était venu les récupérer vers 20 h 30. Je n'en pouvais plus mais je l'avais même gentiment entretenu de la « grave maladie de sa femme pour laquelle il s'inquiétait beaucoup ».

« Beaucoup trop », lui avais-je dit. Mais j'avais essayé d'être franche en lui conseillant de se préparer au pire. « Surtout avec trois jeunes enfants. Vous le savez, Gérard, un cancer du foie pardonne rarement. »

J'avais bien vu qu'il voulait encore parler de la maladie de sa femme et de ses craintes de se retrouver seul avec trois gosses, mais je n'avais plus trop de temps à perdre.

Il avait fallu que je le pousse dehors car j'étais en retard. Je n'avais encore rien préparé pour le dîner.

Je l'avais raccompagné à la porte d'entrée avec quelques mots d'encouragement, car le pauvre homme en avait bien besoin.

« Tant qu'elle ne souffre pas », lui avais-je dit en lui tapant amicalement sur l'épaule.

Il s'était mis à pleurnicher et je m'étais reculée quand il avait voulu m'embrasser. Il s'était éloigné, tout penaud. De vous à moi, je n'aime pas les hommes faibles. « Les couilles molles », comme disait mon Simon.

Ensuite, je ne sais pas de quoi les morveux avaient pu se plaindre, mais toujours est-il que, après cette malheureuse expérience, ils se les étaient gardés, leurs gosses insupportables. Je ne les regretterai pas...

Je me répète, mais les gens sont vraiment sans gêne de nos jours. Vous serez d'accord avec moi pour convenir qu'on ne confie pas des enfants impolis à des voisins qu'on connaît à peine. Et tout juste merci avec ça !

Une fin d'après-midi, ce devait être en septembre ou octobre 1990, j'avais croisé la Nicole devant la porte d'entrée. J'avais d'abord pris des nouvelles de sa santé qui, j'en étais heureuse pour elle, s'améliorait puisqu'elle allait bientôt arrêter son traitement. Elle portait le même foulard bleu ciel pour cacher sa calvitie. La chimiothérapie l'avait beaucoup fatiguée et elle voyait enfin le bout du tunnel. Si tout se passait comme elle l'espérait, elle devait reprendre son travail de secrétaire à la mairie dans un mois. Malheureusement pour cette pauvre femme, elle n'y a fait que de rapides passages et elle a passé plus de temps à l'hôpital qu'au bureau municipal. Je l'ai vue devenir maigre, si maigre, déclinant de jour en jour au point que partir a dû être une délivrance. Cette maladie est une horreur et je ne souhaite à personne un pareil calvaire.

Bref, ce jour-là, je l'avais prévenue encore une fois :

« Vous savez, un jour, Simon va s'énerver... »

Elle avait eu le toupet de s'étonner et elle avait répliqué :

« S'énerver de quoi ?

– Du bruit, du bruit que vous faites avec vos chaussures. C'est infernal avec vos enfants qui courent partout.

– Qui courent partout ? N'importe quoi ! Ce sont des enfants, il faut être compréhensive, madame Darget.

– Je comprends que dans votre état vous ne vous en rendiez pas compte. Mais je vous préviens seulement qu'un jour Simon va se fâcher. Et ce jour-là, ça va mal se passer. »

Elle avait bêtement répété : « N'importe quoi ! » avant de me tourner le dos, m'exposant sa maigreur extrême de femme malade, et, tandis qu'elle s'éloignait avec une arrogance mal placée, j'avais réalisé que trois morveux allaient bientôt se retrouver sans maman.

Un soir, quelques semaines plus tard, Simon s'était énervé.

Pour de vrai...

Il venait à peine de rentrer et il devait être 22 h 30. Le Deltil n'arrêtait pas de passer et repasser au-dessus de nos têtes, de la cuisine au salon, du salon à la chambre, de la chambre à la cuisine, je pouvais le suivre dans son appartement au simple bruit de ses pas. Sans y avoir jamais mis les pieds, je connaissais leur appartement par cœur puisqu'il était identique au nôtre. Les architectes de ces immeubles, construits dans les années 70, ne s'étaient pas cassé la tête : les mêmes plans sur six étages. Un quatre pièces sur le palier de droite et un trois pièces à gauche avec, au sol, des carreaux de petites lattes de bois. C'est sur ce parquet d'époque que le Deltil marchait avec ses chaussures de ville. Dans ce genre d'immeuble, on entend tout d'un étage à l'autre, même les chasses d'eau. C'est dire la qualité de la construction...

Quand on se focalise sur quelque chose, il est impossible de se concentrer sur autre chose, et ce soir-là il m'était impossible de regarder tranquillement les derniers moments de *Sacrée Soirée*.

« T'entends ? » avais-je dit en posant un cendrier devant Simon sur la table basse en verre du salon.

Il fumait un peu trop, mon mari. Il rentrait souvent tendu des Transports Duparchy et il me disait que la cigarette lui faisait du bien. Je n'avais rien à redire, surtout pas lui reprocher de se délasser après sa journée de travail, et je me contentais d'attendre qu'il aille se coucher pour aérer pendant quelques minutes et vaporiser la pièce. Il existait déjà de très bons produits au début des années 90. Je détestais (et déteste toujours, on ne se refait pas) les odeurs de fumée et je veillais à ce qu'elles n'imprègnent pas les housses bordeaux des fauteuils, c'est tellement difficile à faire partir ensuite.

Comme Simon, sans doute perdu dans ses pensées, n'avait pas réagi à mon premier « t'entends ? », j'avais répété en baissant le son de la télévision :

« T'entends ?

– Quoi, encore ?

– Deltil.

– Putain, c'est pas vrai. Il le fait exprès ou quoi ? »

J'avais ajouté : « En chaussures de ville à 11 heures du soir. Si c'est pas pour nous embêter, ça. »

Simon s'était relevé d'un coup et avait hurlé en direction du plafond :

« Enculé, tu vas t'arrêter ? » Puis il avait poussé le son de la télévision à fond, comme un ultime avertissement avant de vraiment se fâcher... « Enculé ! Enculé ! »

L'autre s'était arrêté de marcher. Simon avait triomphé à haute voix afin que Deltil l'entende : « Il a compris, le con. »

Mais les pas avaient repris.

« Il se moque de nous. J'en reviens pas ! Continue et je vais venir te péter la gueule, enculé ! Gueule de con ! Connard ! »

Peut-être que si je n'avais pas ajouté à cet instant-là, avec un brin d'ironie, que Deltil devait être sourd ou qu'il se moquait en effet de nous, Simon ne se serait pas précipité dehors en claquant la porte. Hors de lui et incontrôlable. Mais j'avais dit cette phrase malheureuse et aujourd'hui je la regrette encore. Car la colère, c'est bien connu, est très mauvaise conseillère. Les événements qui ont suivi ne nous ont apporté que des ennuis.

Pour avoir frappé Deltil à l'estomac, au thorax et à l'œil – il avait eu deux côtes cassées et il avait perdu seulement trois dixièmes à l'œil droit après avoir craint de rester borgne –, Simon a été condamné le 14 avril 1994 par le tribunal correctionnel de Périgueux à un mois de prison avec sursis, à une amende de 20 000 francs et il a fallu verser 120 000 francs de dommages et intérêts. Sans compter les 5 000 francs d'amende pour outrages à agents de police et les frais d'avocat.

Nous avions dû déménager dans les jours qui avaient suivi et il nous avait été impossible de reprendre un logement H.L.M. sur la région de Périgueux.

De cette soirée calamiteuse à bien des égards, je garde gravé dans ma mémoire le souvenir du bruit sourd et régulier des coups de pied que Simon avait donnés à Deltil tombé à terre, et les hurlements effrayés de sa femme malade que Simon avait traitée de « salope » et de « cancéreuse » en la repoussant. J'avais suivi cet épisode dramatique l'oreille collée à la porte. Avant que quiconque de l'immeuble ne soit intervenu, Simon était redescendu. J'étais tellement affolée qu'il avait dû sonner à plusieurs reprises avant que je lui ouvre. Il avait encore crié dans la cage d'escalier par la porte entrouverte : « Espèce d'enculé, cette fois t'auras compris qu'il ne faut pas me faire chier! Sale connard, et qu'elle crève ta salope! »

Puis il avait fermé la porte avec la serrure trois points sécurité que nous avions fait poser à nos frais dès notre installation dans l'appartement H.L.M.

Je dis toujours que, avec tout ce qui se passe de nos jours, on n'est jamais assez prudent.

J'avais dû arracher des mains de Simon le foulard bleu ciel pour le jeter dans le vide-ordures.

En définitive, ma seule satisfaction est de savoir que la Deltil n'a pas eu le temps de profiter de notre argent. Elle avait crevé avant qu'on soit obligés de payer.

Le procès

La salle du tribunal tout en bois ressemble tellement à celles que l'on voit à la télévision que j'en suis toute surprise et presque rassurée. Je suis en terrain connu. C'est le même genre de salle d'audience que dans Femmes de loi, *lundi dernier sur la première chaîne. J'aime beaucoup les deux actrices de cette série, surtout celle qui joue la policière et que j'ai déjà vraiment appréciée dans* Dolmen. *C'est une excellente comédienne et très belle avec ça. Ce qui prouve que l'on peut être jolie et intelligente à la fois. Ingrid Chauvin, elle s'appelle. Retenez son nom, c'est, à mon avis, une actrice de grand avenir.*

Comme dans les films quelqu'un annonce d'une voix forte : « La cour! Veuillez vous lever. »

S'ensuit un léger brouhaha, et le président du tribunal en robe rouge entre avec des dossiers sous le bras.

Déjà son autorité s'impose : grande taille, lunettes cerclées et cheveux gris impeccablement coiffés en arrière. J'ai vu le même à la télévision ! Tout s'ordonne rapidement dans la pièce et chacun est à sa place : juges, avocats, jurés, familles... Quant à moi, je suis assise au troisième rang, celui réservé aux témoins qui veulent assister au procès.

Selon la convocation que j'ai reçue, je ne dois témoigner que demain mais je veux être présente dès le début du procès de Simon. Quoi qu'il m'en coûte.

Ma mère a essayé en pure perte de me dissuader de venir ce matin, de peur que je ne souffre trop. C'est vrai que j'ai beaucoup souffert depuis plus de deux ans et mes parents ont été les témoins quotidiens de cette douleur. Ils ont porté la honte et la haine, moi la souffrance.

J'ai convaincu mes parents que j'avais besoin de comprendre et qu'il n'y avait qu'au procès que j'obtiendrais des réponses. Peut-être même je saurais enfin comment j'avais pu être la femme d'un tel monstre. Au mot « monstre », maman avait éclaté en sanglots ; elle avait tant pleuré elle aussi pendant toutes ces années !

Mais moi, le mot « monstre » ne m'impressionne plus. C'est même en ces termes que je parle de leur père aux enfants. Il n'est absolument pas question de nier ou de cacher la vérité et surtout pas à eux deux. Moi, si je suis la femme du monstre, Jérémie, quatorze ans le mois prochain, et Audrey, douze ans et demi, en sont les enfants. Leur père a commis des actes épouvantables auxquels ils seront confrontés tôt ou tard, autant que ce soit maintenant. Je n'ai rien voulu cacher des agissements de leur père, le monstre tueur et violeur. Je suis persuadée que des enfants qui savent sont beaucoup moins perturbés, quoi qu'en pensent les psychiatres que nous avions consultés et qui m'avaient trouvée trop directe et violente. Je leur avais répondu que ce n'était pas moi qui étais violente, mais la vie. Cependant, avec ces gens-là, on ne pouvait pas discuter et, en réalité, ils m'avaient coûté une petite fortune avant que j'y mette le holà. On en a perdu du temps dans les cabinets de ces rigolos !

J'affirme que mes enfants se portent très bien, mieux depuis qu'on ne les fréquente plus. La preuve, ni Jérémie ni Audrey ne m'ont posé de questions ces derniers jours et pourtant les journaux, Paris-Match *et compagnie, ont traîné à la maison avec les commentaires que l'on imagine. Mes chers enfants ont fait un trait définitif sur cette affaire, j'en suis certaine. Leur père n'existe plus. Ils n'ont pour lui que de la haine et du dégoût. Ils l'ont effacé de leur vie et c'est beaucoup mieux comme cela : que je sois la seule à porter ce fardeau.*

Bien sûr, dès l'instant où j'ai pénétré dans la salle d'audience les gens m'ont reconnue, dévisagée, et j'ai préféré garder la tête baissée. Croyez-moi, je me serais bien passée d'une pareille publicité! Je suis restée repliée sur moi-même jusqu'à l'ouverture du procès sans perdre, cependant, une miette des allées et venues des uns et des autres. J'ai surtout observé les parents de la jeune Sonia, accompagnés chacun de son avocat. C'est, entre parenthèses, un peu idiot de payer deux fois pour le même résultat. Surtout quand on connaît les tarifs que pratique cette profession.

Comme Simon et moi, ces deux-là ont divorcé depuis la perte de leur fille unique. Ils n'ont pas eu la chance de reporter leur amour sur un autre enfant (j'ai toujours pensé qu'il fallait avoir plusieurs enfants au cas où il arriverait malheur à l'un...). Il est vrai, comme l'écrit VSD *cette semaine, que « peu de couples résistent à une pareille épreuve ». La mère a l'air bien marquée : elle a pris vingt ans, la pauvre femme. Un instant, j'ai le désir d'aller vers elle mais j'ai peur de ne pas trouver les mots justes. Peur d'être humiliée devant tout ce monde.*

Comment me juge-t-elle? Sait-elle que je n'y suis pour rien dans sa déchéance physique et morale? Me considère-t-elle aussi comme une malheureuse victime innocente du monstre? Est-ce qu'elle me plaint autant que je la plains?

Le divorce avec Simon s'était imposé à moi comme une évidence lorsque sa culpabilité avait été établie de façon formelle par le juge d'instruction et les enquêteurs. Alors que mes parents et mes sœurs m'y encourageaient, je n'étais pas parvenue au début à abandonner le père de mes deux enfants, l'homme avec lequel je m'étais engagée à construire ma vie.

Aussi, je l'avais soutenu pendant plusieurs mois en le visitant régulièrement à la prison. Je lui avais donné de l'argent afin qu'il puisse acheter des cigarettes, je lui avais apporté des vêtements de rechange et des revues d'automobile. Mais surtout j'avais supporté ses pleurs et, pis, ses demandes de pardon. Dans ces moments-là, je détournais les yeux et je restais muette.

Par mon silence, il comprenait qu'il n'y avait plus de pardon possible pour un homme accusé « d'attentats à la pudeur, viol avec violence, tortures et actes de barbarie et homicide volontaire avec préméditation ».

Au début de son incarcération, Simon était en rage contre certains d'entre eux qu'il traitait de raclures et de saloperies. Il faut dire que, durant les premiers mois, Simon était remonté contre tout le monde : les policiers, le juge, les gardiens, les journaux et même moi. À ses yeux, je n'en faisais pas assez pour lui et il se prétendait même innocent ! Alors que tout l'accablait. Par chance, il s'était rendu à l'évidence au bout de quelques semaines et mes visites étaient devenues un peu plus paisibles.

Je n'avais rien, ou pas grand-chose, à lui dire. Parfois il était le seul à parler et je le quittais sans avoir prononcé une seule parole. Il me racontait les brimades qu'il devait supporter aussi bien de la part des gardiens que des autres détenus. Il était régulièrement frappé et il m'avait affirmé en chialant encore une fois qu'il avait été violé par deux voyous avec la complicité des gardiens qui avaient laissé faire.

« Ils ont dit que c'était pour me punir, pour venger la petite. Mais, crois-moi, il y a des crapules parmi eux. Des ordures pires que moi. »

Mais je ne parvenais plus à avoir pitié de lui, ni à croire à son repentir.

Un jour, il avait répété encore pour la sempiternelle fois qu'il regrettait de toute son âme ce qu'il avait commis, qu'il ne savait pas ce qui s'était passé, qu'il était un grand malade et qu'il devait être soigné.

« Aide-moi, mon amour. Aide-moi, tu es bonne avec moi. Tu es la seule que j'aie jamais aimée. Je suis tellement heureux quand tu viens me voir malgré tout le mal que je t'ai fait. Je t'en supplie, demande au directeur de me protéger. Moi, personne ne veut m'écouter. C'est un salopard, lui aussi. Je ne mérite pas ça, quand même. Si j'ai fait du mal, c'est parce que je suis malade. Tu le sais bien toi, hein? Tu le sais. Je ne suis pas aussi mauvais qu'on le dit, hein? Hein? Je suis simplement malade et ils vont me tuer. C'est sûr, ils auront ma peau. Ici je vis l'enfer. Il faut

que tu m'aides. Je t'en supplie, sauve-moi. Je suis seul, maintenant, il n'y a plus que toi.

– Oui, oui. »

Lasse de ses jérémiades, j'avais glissé ma main dans son pantalon pour le masturber et il avait éjaculé sur mes doigts. Il avait murmuré, suppliant :

« Tu m'aimes. Tu m'aimes, hein ? »

Il m'avait embrassée en tentant d'y mettre la langue mais, pour la première fois de ma vie, j'avais gardé les lèvres fermées. Il avait bien compris qu'aujourd'hui je n'y tenais pas et il n'avait pas insisté. Je m'étais dit qu'autrefois il serait entré en rage et qu'il aurait continué jusqu'à ce que j'ouvre la bouche. Il adorait y fourrer sa langue longuement et je n'avais pas intérêt à refuser. Ce n'est pas que je n'aimais pas ça, mais il allait vraiment très loin au fond de ma bouche et j'avais peur de vomir. Ce qu'il n'aurait certainement pas supporté.

Ce fut ma dernière visite à la prison. Cet homme ne m'inspirait plus que du dégoût.

Après l'avoir quitté, je n'étais pas allée me plaindre au directeur des traitements qu'il subissait en prison, ayant moi-même suffisamment à supporter avec les regards méprisants des gardiens. Chacun porte sa croix, comme on dit, et qu'il porte la sienne, maintenant...

J'avais ensuite appris par son avocat qu'il avait été placé à l'isolement après avoir été à nouveau agressé. Il est bien connu que les violeurs (sachez qu'on les appelle « pointeurs ») subissent des traitements particulièrement terribles en prison. Simon n'avait pas échappé à cette règle inhumaine, un usage malheureusement toléré par la direction et encouragé par les gardiens dont certains, soit dit en passant, mériteraient de se retrouver de l'autre côté des barreaux tellement, m'avait dit Simon, ils se rendaient complices des trafics et des magouilles.

Dans la semaine qui avait suivi cette visite, j'avais demandé le divorce et je m'étais portée partie civile pour protéger les intérêts de mes enfants.

Je garde toutes ses lettres dans lesquelles il me supplie de revenir le voir. Sur des pages entières, il répète qu'il m'aime, qu'il souffre de mon absence et que ses enfants lui manquent à la folie, qu'il pleure des journées entières, qu'il est seul, qu'il va se tuer si je l'abandonne. Il avait aussi tenté d'entrer en contact avec mes enfants dans de longues lettres où il les implorait de lui pardonner et de ne pas l'oublier. Je les avais lues en le plaignant du fond du cœur mais en sachant qu'il avait perdu ses enfants pour toujours.

On ne peut pas aimer une personne qui vous dégoûte et mes enfants avaient fini par haïr leur monstre de père. Ils ne demandaient qu'à gommer son souvenir, qu'il n'existe plus.

Qui les en blâmerait ? Surtout pas moi qui ai tant souffert par sa faute, et c'est en parfaite conscience que j'ai décidé de rompre toute relation avec lui à partir de ce jour. Plus de visites, aucune réponse à ses lettres et fini les petits plaisirs donnés à la main ! Qu'il se branle tout seul, maintenant, et qu'il se fasse tabasser et sodomiser par des monstres comme lui !

Je le lui ai écrit dans ces termes-là dans la seule et dernière lettre que je lui ai envoyée. Ce qui ne l'a pas empêché ensuite de me supplier de revenir le voir. Franchement, il devenait pathétique, l'homme qui avait été mon époux légal pendant dix-sept années, cinq mois et neuf jours. Car il avait fallu plus d'un an avant que j'obtienne enfin mon divorce.

Après cela, je comprends ceux qui se plaignent des lenteurs inqualifiables de la justice. Une honte pour une société qui se dit civilisée ! Il y aurait de quoi écrire un autre livre sur la justice, croyez-moi.

« Faites entrer l'accusé ! »

Tous les regards sont tournés vers la cage de verre, la pièce bruit de curiosité. Je ressens la haine qui monte dans cette salle bondée où tous les curieux n'ont pas pu entrer.

À quoi ressemble le monstre aujourd'hui ? Comment vont réagir les parents de la petite quand il va apparaître ?

Simon porte le costume noir et la chemise blanche en coton que nous avions achetés chez Thierry Frères pour la communion d'Audrey. En revanche, je ne reconnais pas la cravate verte à larges raies rouges, ou orange foncé, je ne distingue pas bien. D'où peut-elle venir ? Il a les cheveux courts et propres, avec quelques mèches blanches sur les tempes. Debout, le temps que le gendarme le délivre de ses menottes, il conserve les yeux baissés sans un seul regard pour la salle silencieuse qui le dévisage avec peut-être le même sentiment que moi : le dégoût. Mais qu'il reste beau, cet homme. Même là, amaigri, les traits tirés et le regard fuyant.

5.

Les quinze premiers jours de juillet 1990 nous avions loué, en partageant les frais, un appartement à Arcachon avec Christian – l'ami d'enfance de Simon et fameux disque-jockey de notre mariage – et son amie Nathalie. Ces deux-là n'étaient pas mariés. 3 250 francs la quinzaine, versés en liquide, pour un trois pièces bien équipé.

Arcachon est une ville moyenne, très agréable en été. L'appartement était situé à six minutes, montre en main, de la plage. En vacances, il n'y a pas grand-chose d'autre à faire que d'aller à la mer, faire les courses et parfois au restaurant. Si cela n'avait tenu qu'à moi, nous y serions allés tous les soirs. Pas de cuisine, pas de vaisselle et se faire servir... C'est quand même ça les vacances !

Je faisais l'essentiel du travail domestique mais je préférais que Nathalie ne m'aide pas, tellement elle n'y connaissait rien en matière de cuisine. Elle m'encombrait plus qu'autre chose. Son unique tâche était de servir l'apéritif à ces messieurs en fin de journée. Tu parles d'un boulot ! Il ne fallait surtout pas qu'elle abîme ses ongles, la pauvre petite ! C'est incroyable comme les femmes d'aujourd'hui désertent leur cuisine et il n'est pas exagéré de dire qu'elles passent plus de temps à se bichonner. Si elles pensent que c'est comme ça qu'on garde un homme...

Nathalie faisait partie de cette catégorie de femmes qui pensaient surtout à aguicher les hommes. Pour ça, elle savait s'y prendre. Je n'avais pas osé en parler de peur de froisser Christian et de gâcher les vacances mais, franchement, s'exhiber seins nus sur la plage au milieu des enfants, si ce n'était pas pour exciter les instincts masculins... Il faut cependant savoir que ce genre de filles, les hommes les prennent mais ne les gardent pas. Bref, ce pauvre Christian ne s'en était pas rendu compte, et cet idiot de Simon était tombé dans le panneau, comme le gamin qu'il était. Les hommes, il ne faut pas trop les tenter. Depuis huit jours, la Nathalie ne faisait que l'exciter et les choses ne pouvaient que se terminer comme elles ont fini : Christian et Simon se sont définitivement fâchés par la faute de cette garce. Je vais vous raconter comment.

En rentrant de la plage, j'étais partie au Super U avec Christian pour acheter des pâtes et du jambon blanc, laissant la fille et mon Simon regagner l'appartement. En partant, elle avait susurré avec ce ton imbécile qui m'agaçait tant : « Je veux prendre une douche, j'ai du sable plein les fesses ! »

Elle avait entraîné dans son éclat de rire ces deux grands couillons. Désolée de l'avouer, mais je ne supportais plus ses minauderies d'adolescente. Et dire que nous n'étions que le lundi de la deuxième semaine. Encore six jours à tenir !

« Je rentre aussi, avait plaisanté Simon en faisant semblant de passer la main dans son boxer-short. Moi aussi j'ai plein de sable dans le cul. On va prendre la douche ensemble ! Hein, cocotte ? »

Il avait fait un clin d'œil à son meilleur ami et les deux idiots avaient rigolé de plus belle pendant que l'autre salope excitait mon Simon en époussetant les grains de sable collés sur sa poitrine.

Christian avait ajouté en embrassant sa poule dans le cou :

« Allez-y et bonne bourre ! Pensez à nous quand vous serez sous la douche ! Moi, je vais me taper le Super U avec madame. »

C'était de moi qu'il s'agissait et je ne comprendrai jamais comment on peut rire à de pareilles bêtises.

Cet idiot les avait laissés rentrer seuls avec les conséquences que l'on connaît. C'est sûr que, s'il avait su ce qui l'attendait à son retour à l'appartement, il aurait moins fait le malin. Aujourd'hui, je me demande toujours pourquoi il avait préféré m'accompagner plutôt que de rentrer avec son copain. Ils auraient pris l'apéritif et rien ne serait arrivé.

Nous étions à la caisse du Super U quand je lui avais dit qu'il pouvait y aller et que j'avais envie de me promener un moment dans le magasin. Il y en avait pour quarante-deux francs et cinquante centimes, et j'avais précisé avant qu'il s'éloigne : « On fera les comptes tout à l'heure. Je ramène la facture. »

C'était histoire de dire quelque chose, car ne croyez pas que j'étais comme ça à compter le moindre sou. Si on avait fait les comptes au centime près, je ne pense pas que les Darget auraient été gagnants.

C'est cette garce de Nathalie que j'ai d'abord aperçue, quand je suis revenue à l'appartement, une demi-heure plus tard. Toujours en maillot de bain, les cheveux mouillés, elle était dans leur chambre et gueulait à Christian (je ne vois pas quel autre mot je pourrais utiliser tellement elle éructait) : « On se casse ! C'est un malade, ce mec ! »

Elle fourrait en vrac leurs affaires dans un grand sac noir à roulettes.

« C'est ça, qu'elle se barre. On a pas besoin d'une pute ici. Elle m'a chauffé, je te jure, Christian, c'est une salope cette gonzesse. Tu es mon meilleur ami, et il faut croire son meilleur pote, Christian ! Pas elle, pas ça... »

Visiblement, l'explication durait déjà depuis un petit moment.

« Je ne veux pas d'emmerdes, Simon. On s'en va, c'est mieux pour tout le monde. Mais à l'avenir ne croise pas notre route ou je t'éclate la gueule. Elle a raison, t'es un malade.

– Mon vieux, je te plains. Avec elle, t'as pas fini de porter les cornes. Un beau cocu ! Si tu veux un dernier conseil d'ami : bazarde-la. Elle ne te mérite pas. Maintenant, si tu veux te barrer, casse-toi. Un jour tu viendras pleurer, mais ce jour-là tu pourras aller te faire foutre. Si tu t'en vas, je ne veux plus voir ta tronche. On ne trahit pas un ami d'enfance. Tu ne vas quand même pas croire cette pute. Elle m'a chauffé, je te dis, elle a baissé son slip et elle m'a demandé d'y fourrer ma queue. C'est comme ça qu'elle parle ta gonzesse.

– Ferme ta gueule, Simon. On se tire et c'est tout. Je ne veux plus jamais entendre parler de toi. Jamais, plus jamais. Tu me dégoûtes, tu n'as même pas le courage de tes actes. Tu veux que je te dise ? Je te plains.

– Moi, c'est toi que je plains. Mais regarde-la, cette pute. Il suffit de claquer des doigts et elle écarte les cuisses. Tu vis avec une salope qui suce tout le quartier. Elle est nympho. Ah oui ! je te plains. T'as pas fini d'en chier. C'est mon dernier conseil de copain. »

La Nathalie s'était remise à gueuler :

« Tu vas arrêter, ordure ! Fumier ! Si Christian n'était pas arrivé, tu m'aurais violée. Estime-toi heureux qu'on se contente de se barrer. Si tu ne fermes pas ta sale gueule, je vais voir les flics.

– T'as raison, quand ils te verront, ils te croiront tout de suite ! T'as une tronche de pute, ma fille. T'y peux rien mais t'as la tronche de l'emploi. Ce sera ta parole contre la mienne, et je ne suis pas sûr qu'ils te croient. Avec ta gueule à sucer tout le commissariat, c'est toi qu'ils vont garder ! Maintenant, c'est peut-être ce que tu cherches ! Te taper des flics ! »

Elle avait voulu se jeter sur lui, mais Christian l'avait retenue par la main. Elle avait eu un hoquet, mais elle ne pleurait toujours pas. C'était ce qui m'avait étonnée le plus. Une femme agressée n'aurait pas réagi comme elle. Je me demandais pourquoi elle ne pleurait pas.

« Laisse tomber, il n'en vaut pas la peine.

– Mais tu entends ce qu'il dit ? Il me traite de pute, l'enfoiré.

– On s'en va maintenant. »

Personne n'avait fait attention à moi. J'étais au milieu de la pièce et j'avais dû m'écarter pour les laisser passer. La pute m'avait dépassée sans me dire adieu, puis elle s'était retournée vers moi.

« Je te jure sur ce que j'ai de plus cher qu'il a voulu me violer. »

Je n'avais rien répondu mais je me demandais comment des gens comme ça pouvaient jurer sur ce qu'ils avaient de plus cher. Puis j'avais refermé la porte derrière eux et avais constaté qu'ils étaient partis sans s'acquitter de la moitié de la facture du Super U.

« Tu étais là, toi ? » s'était étonné Simon en m'apercevant.

Je n'avais pas pu répondre que je venais seulement d'arriver.

« Quelle salope, avait-il poursuivi, très remonté. Tu te rends compte ? Elle m'accuse d'avoir voulu la violer. Ce pauvre Christian, il est bien équipé avec celle-là. Il est vraiment à plaindre. Bon, on oublie tout ça et ce soir on va au resto. » Puis il avait ajouté, rigolard : « Maintenant, j'ai la trique ! »

Ensuite, tandis que je me rhabillais, Simon m'avait raconté ce qui s'était réellement passé. À peine arrivée dans l'appartement, la Nathalie l'avait attiré dans sa chambre où elle avait baissé son maillot en se caressant et elle avait dit qu'elle avait envie de lui. Simon avait tenté de la ramener à la raison, disant qu'il fallait qu'elle pense à

Christian qui l'aimait tant. Elle avait répliqué qu'elle ne faisait plus l'amour avec lui depuis des mois et qu'elle avait envie de baiser un mec avec une grosse queue.

« Tu te rends compte ? Une vraie charretière, cette gonzesse. Quand je pense que Christian vit avec une pareille salope. »

Ensuite elle s'était accrochée à lui et elle avait aussitôt tenté de le prendre dans la bouche.

« J'ai pas pu résister. Tu sais à quel point j'aime ça. »

Elle s'était allongée sur le lit, les cuisses écartées, et c'était à ce moment-là que Christian était entré.

« J'étais pas fier, crois-moi. Et c'est alors qu'elle a fait croire à ce pauvre gars que j'avais essayé d'abuser d'elle. J'étais sur le cul, obligé de me justifier devant mon meilleur ami. Moi, un violeur ! N'importe quoi. » Il paraissait sincèrement désolé. « Et tu connais la suite. Je n'ai pas su me défendre. Christian ne voulait pas me croire. Il n'écoutait qu'elle. Pour moi, c'est de l'histoire ancienne et on tourne la page. Hein, chérie ?

– Oui.

– J'ai simplement perdu mon meilleur pote par la faute de cette pute. »

Évidemment, ils ne nous avaient pas invités à leur mariage en septembre, où Simon devait être le témoin de Christian.

J'ai appris qu'ils avaient divorcé quatre ans plus tard. Comme quoi, Simon ne s'était pas trompé de beaucoup. Mais elle avait eu le temps de se faire faire deux gosses. Elle l'avait bien embobiné, ce pauvre Christian !

6.

Il n'était pas question de renoncer à la location et nous étions restés à Arcachon jusqu'à la fin de la semaine. Christian et sa poule avaient eu la décence de ne pas réclamer le remboursement de leur part de loyer. S'il l'avait fait, je ne vous raconte pas comment Simon aurait réagi...

Pendant cette semaine passée ensemble, Simon m'avait gâtée : restaurant tous les soirs dans une pizzeria, la Santa Lucia, très agréable pour son calme, sa « quatre fromages » et la qualité du service. La direction nous offrait gracieusement un kir royal, champagne et sirop de framboise. La plupart du temps, après le dîner, Simon avait besoin de « s'oxygéner », comme il disait, et il me laissait rentrer seule. Quand il revenait plus tard (je préférais ne pas regarder l'heure), il me réveillait. Je crois qu'il aimait me sortir brutalement du sommeil et me voir docile. Mais, en réalité, je ne m'endormais jamais avant qu'il ne revienne. Je l'attendais toujours, en résistant de toute mon énergie pour ne pas sombrer dans le sommeil. Je faisais simplement semblant de dormir quand il s'approchait, nu, de mon visage. Dans cette soumission et ce demi-sommeil qu'il appréciait tant, je l'attirais de la main. Sa jouissance était alors brève mais intense, à entendre les gémissements et les grognements qu'il poussait dans mon dos. Son plaisir suffisait à mon bonheur. Même si depuis plusieurs mois maintenant il ne m'avait plus pénétrée comme une femme.

7.

Quelques mois après l'incident de Périgueux, qui avait fini par prendre la dimension d'un scandale local à cause de l'obstination de Deltil à faire passer Simon pour un dangereux malade, nous avions, comme je l'ai déjà indiqué, préféré quitter la ville.

Nous nous étions installés à Coulomiers, dans la banlieue de Toulouse. Grâce aux relations de mon père, Simon avait trouvé un bon travail et un salaire très convenable, avec un véhicule de fonction (une Renault Mégane). Responsable du département informatique d'une société d'engineering, il était un bon professionnel et il savait très vite se faire apprécier par sa hiérarchie. Ses responsabilités l'obligeaient à se déplacer beaucoup dans les filiales de la société, dans tout le sud-ouest de la France.

Nous avions emménagé dans un pavillon de six pièces, et il y avait une belle piscine chauffée en forme de haricot dont nous profitions surtout le week-end. Simon aimait y recevoir des amis, essentiellement des collègues de travail pour lesquels il préparait lui-même des barbecues de brochettes et de chipolatas. Nous passions des dimanches délicieux où Simon se révélait, comme à son habitude, un hôte très accueillant et amusant. Les parties barbecue chez les Darget étaient très recherchées dans la région !

Simon avait le chic pour mettre de l'ambiance et pour sortir « de derrière les fagots », comme il disait, de bonnes bouteilles de rosé de pays. Je dois reconnaître qu'il savait mieux s'y prendre que moi en société, car je suis d'un tempérament beaucoup plus réservé. Il était jovial et apprécié de tous et, j'ose le dire, de toutes. Je précise : en tout bien tout honneur, car je vous vois venir.

Il avait toujours des attentions délicates, comme d'offrir des chocolats à tout le personnel féminin au moment des fêtes de fin d'année où j'étais conviée en tant qu'épouse du chef de service.

« Attention, mesdames, à consommer avec modération, prévenait-il en plaisantant. Je ne voudrais pas que vos maris et vos amants – il insistait sur " amants " – me reprochent une prise inconsidérée de poids ! »

Ces connasses gloussaient alors de plaisir... « Ah ! ce Darget... »

Comme on dit, les extrêmes s'attirent et c'était sans doute, à l'époque, le secret de la réussite de notre couple.

« Quel don Juan ! » commentait Sophie, sa secrétaire, une rousse d'une trentaine d'années avec une grosse poitrine un peu molle. Elle était divorcée avec un enfant à charge. Le genre de fille avec qui on couche mais avec laquelle il vaut mieux ne pas faire sa vie... Simon m'avait confié qu'elle était à la colle avec Rémy Guignard, un gars de la comptabilité, mais qu'il n'y avait que le train et lui qui ne lui étaient pas passés dessus. Il avait ajouté : « L'important, c'est qu'elle fasse bien son boulot. Le reste, c'est ses oignons. Je ne veux pas savoir par qui elle se fait mettre. »

Il écartait ainsi les méchantes rumeurs qui m'avaient été rapportées d'une liaison avec sa secrétaire. Que voulez-vous, les gens ne peuvent pas s'empêcher de colporter des bêtises...

Vu toutes ses responsabilités, son travail l'accaparait beaucoup et, même lorsqu'il passait la semaine au siège, il était rare qu'il dîne à la maison. Entre les réunions de dernière minute et les dîners d'affaires, il rentrait rarement avant minuit. Je savais qu'il prenait son travail à cœur et, en bonne épouse, je continuais à partager son ambition professionnelle. Comme il disait : « C'est maintenant qu'on prépare l'avenir et qu'il faut foncer. J'ai tout le temps d'être vieux. C'est pas à cinquante balais que je bosserai comme un malade. »

En ce début de février 1991, il n'était revenu que le vendredi après-midi d'une tournée d'une semaine à Bordeaux. Par je ne sais quelle chance, j'avais réussi à l'entraîner au Printemps avec la promesse un peu sournoise, je l'avoue, de passer au rayon lingerie où je savais qu'il aimait bien traîner à mon côté. Simon y choisissait mes sous-vêtements, le plus souvent de couleur noire, qu'il voulait me voir porter quand nous allions, en moyenne une ou deux fois par mois, au club Le Baron. Je peux bien le révéler aujourd'hui, c'était un club où des couples se retrouvaient pour des soirées que je qualifierais de « coquines », un établissement très privé et fréquenté par des personnes de bonne condition. Nous faisions partie des plus jeunes. C'est sans doute pour cela que tant d'hommes mûrs, mais aussi des femmes, s'intéressaient à mon corps.

Je ne pouvais pas dire que ces soirées me satisfaisaient (je m'en serais bien passée, pour être franche) mais Simon y tenait tellement que je l'accompagnais volontiers, d'autant que les personnes auxquelles j'avais affaire étaient des gens de qualité, sans aucune vulgarité. Si cela n'avait pas été le cas, j'aurais refusé de le suivre et, dans ces conditions, il n'aurait pas pu entrer puisque ce club plutôt sélect n'acceptait que les couples. Simon s'occupait peu de moi pendant la soirée, préférant explorer d'autres pièces de l'établissement. Mais nous repartions toujours ensemble, très tard, et sur le chemin du retour il n'arrêtait pas de faire des commentaires, notamment sur les gens qu'il avait cru reconnaître. Toulouse est finalement une petite ville et vous seriez étonné de voir à quel point on rencontre dans ces endroits des gens connus de tous. Comme un gosse, Simon n'en revenait pas de « niquer la gonzesse d'un mec qui avait pignon sur rue ». Il ne m'épargnait aucun détail et voulait toujours savoir avec quelles grosses légumes j'avais « baisé » et lesquelles j'avais « sucées ». Si, par chance, j'avais reconnu quelqu'un, il exigeait de tout savoir. Ça le mettait toujours en joie d'apprendre qu'ils avaient de petites queues et qu'ils faisaient la chose trop vite. C'est ce qu'il aimait m'entendre raconter et parfois je mentionnais des noms d'hommes politiques du coin, des avocats et des médecins connus par ici. En réalité, j'étais plutôt soulagée de n'avoir croisé personne de nos connaissances, je passais la plupart du temps dans les recoins les plus sombres et je m'appliquais à ce que ces hommes me prennent de dos. Ce n'était pas le genre d'endroit où j'avais envie de croiser des amis !

Venait ensuite son tour de tout raconter dans les moindres détails, car « au moins, avec lui, ces salopes de bourgeoises en avaient pris plein leur cul de mal baisées ». De retour à la maison, avant que je prenne ma douche où je restais de très longues minutes, il tenait à « me récompenser ». C'était, disait-il, le dernier coup pour la route et cette fois j'allais prendre mon pied. C'était pas comme avec ces bourgeois mal montés.

« T'en redemandes, hein ? On peut dire que tu aimes la bite, toi. »

Il aimait bien que je réponde que j'en voulais encore et que j'étais une pute en chaleur, alors que, vous vous en doutez, je n'aspirais qu'à me laver et à dormir. Je simulais mon plaisir en même temps que lui et cela l'apaisait enfin. Fallait-il que je l'aime ! Je me rends compte aujourd'hui que j'étais prête à beaucoup trop pour le contenter.

« Va te faire propre maintenant, ordonnait-il en me poussant hors du lit. Tu pues trop ! » J'allais dans la salle de bains sans un mot. Mais qu'aurais-je pu répondre sinon que j'avais sommeil ?

Ce jour-là, Simon avait donc prévu une soirée au Baron et avait choisi pour moi un ensemble transparent noir. De mon côté, j'en avais profité pour acheter un pull en mohair vert et une nappe bordeaux pour remplacer celle qui avait déteint à la machine. Je l'avais mise à 60° avec une serviette bleu marine, je ne vous dis pas les dégâts... Je ne comprenais pas ce qui m'était passé par la tête pour rater une machine. Vous ne pouvez pas savoir à quel point je m'en voulais, d'autant que je peux vous certifier que c'était la première et la dernière fois. Cette bêtise, ma bêtise, nous a coûté la bagatelle de 340 francs. Une belle somme à l'époque, mais le Printemps n'était pas réputé pour être bon marché. Cela dit, la qualité ça se paye, et, comme j'aime bien dire : « On n'a pas les moyens d'être pauvre. » Je tiens cette philosophie de la vie de mes parents. C'est vrai qu'il vaut mieux payer un produit un peu plus cher que la moyenne mais au moins les choses durent plus longtemps et on est gagnant au final. « On n'a pas les moyens d'être pauvre », souvenez-vous-en !

Il devait être un peu plus de 4 heures, et nous avions quitté le grand magasin par la rue Charron quand une jeune fille blonde pas très jolie avait montré du doigt Simon au garçon boutonneux qui l'accompagnait. À en juger par son aspect, elle ne devait pas avoir dix-huit ans ou tout juste. Elle s'était plantée devant nous et le boutonneux – Dieu qu'il était vilain ! – avait essayé de saisir Simon par le bras. Je me souviens qu'elle marchait en pleurnichant à côté de nous, sans prononcer un seul mot. Simon n'arrivait pas à se dégager d'autant que, si elle ne disait pas un mot, l'autre mocheté hurlait qu'il fallait appeler la police, en prenant à témoin les curieux qui nous entouraient.

Simon avait eu beau protester qu'il ne la connaissait pas et surtout qu'il ne se tapait pas des laiderons (cela n'avait pas beaucoup plu aux policiers qui l'avaient interpellé), la fille avait maintenu ses accusations jusque devant le juge d'instruction chargé du dossier. L'affaire n'était pas allée plus loin. Les accusations de la fille, une névrosée comme il y en a malheureusement de plus en plus de nos jours, n'avaient pas tenu longtemps. Il avait suffi à Simon de maintenir sa ligne de défense d'autant, comme je l'avais dit au juge, qu'il était à la maison le soir où cette petite l'accusait. C'était ma parole contre celle d'une adolescente perturbée, comme notre avocat avait réussi à le démontrer avec brio. L'accusation avait tellement peu tenu que Simon n'avait même pas été inquiété. Mais avouez qu'il n'est jamais très agréable d'être accusé de viol sur mineure de moins de seize ans. C'est une accusation grave et la fille avait tout juste quinze ans.

Le juge d'instruction, un homme intelligent et intuitif, avait très vite prononcé un non-lieu et avait conseillé à Simon de porter plainte contre la fille pour fausse déclaration, ou quelque chose comme ça. Simon s'était montré magnanime malgré l'insistance du juge pour qui la fille aurait mérité une bonne leçon.

« Faites payer les parents de cette mythomane, nous avait-il conseillé. Quand ces gens-là passent au portefeuille, croyez-moi, ça les fait réfléchir à deux fois avant de recommencer. Il lui faut une bonne rouste et, à voir les parents, il ne se passera rien tant qu'ils ne réaliseront pas que leur fille risque de dépenser avec ses inventions le peu qu'ils ont économisé. »

Ils avaient cependant, et ce n'est que justice, été contraints de rembourser nos frais d'avocat, 2 852 francs, grâce à l'insistance du juge en échange du classement de cette pitoyable affaire.

Malgré tout, Simon n'arrêtait plus de tempêter contre « ces connards de Toulousains » et il avait très vite accepté une proposition d'emploi de responsable commercial pour tout le Dauphiné dans une entreprise d'outillage basée à Grenoble. Dans les deux mois qui ont suivi, nous étions déjà installés dans l'Isère.

Même si, au départ, l'idée de changer de région ne m'avait pas emballée, il faut reconnaître que le mois de mai était très agréable dans cette région montagneuse.

Le procès

La lecture de l'acte d'accusation nous a pris précisément trois heures, dix-sept minutes et quarante-sept secondes. Je ne sais pas pourquoi j'ai déclenché la trotteuse de ma montre à l'instant précis où le président a commencé la lecture. C'était peut-être ma façon inconsciente de mesurer l'importance et la gravité de la faute de Simon. Cette lecture monotone a été seulement interrompue pendant de longues minutes quand la malheureuse maman s'est effondrée après un long cri et que les pompiers l'ont évacuée le temps qu'elle retrouve ses esprits. Comme dans des procès similaires dont j'ai suivi par le passé le compte rendu dans les journaux, il est fréquent que la maman craque au bout d'un moment tant la charge émotionnelle est forte. Puis elle reprend courageusement sa place et reste jusqu'au bout de cette insoutenable épreuve. Le procès n'a donc pas dérogé à l'habituelle interruption de séance due à la crise de nerfs de la mère qui ne peut plus supporter l'inhumaine et insoutenable lecture des faits.

Mais la durée est bien comme indiqué, puisque j'ai arrêté le décompte le temps de l'interruption de séance.

Cette lecture interminable m'est infligée comme une peine et elle me laisse pétrifiée d'horreur à l'égard du geste inqualifiable de Simon, avec le sentiment profond de partager l'extrême douleur des victimes : l'infortunée jeune fille et ses parents inconsolables.

Moi aussi, j'ai sangloté, avec le maximum de retenue afin de ne pas attirer l'attention du public et surtout de la presse qui m'épie sans cesse quand le président lit avec une impeccable précision les actes les plus monstrueux commis par celui qui fut mon époux. J'ai bien remarqué, cependant, que certains journalistes ont relevé mon désarroi et vont sans doute en faire part à leurs lecteurs.

Quoi qu'ils écrivent demain sur moi, sachez que je ne recherche aucune compassion et surtout pas celle de ces chiens avides de sensationnel. Je sais qu'ils vont me plaindre alors que je voudrais seulement qu'ils m'oublient et me laissent tranquille. Je lis déjà leur prose de caniveau : « Tandis que le monstre reste prostré et silencieux dans le box vitré, son ex-femme pleure, anéantie par l'atrocité des faits, exprimant ainsi dis-

crètement le pardon que le tueur pervers n'arrive pas encore à prononcer. » C'est bien cela, ou quelque chose d'approchant (j'ai malheureusement égaré l'article de presse concernant cette première journée d'audience, si vous le possédez, merci de m'en faire parvenir une copie), que je lirai demain dans Ouest-France, *faisant de moi une autre victime du monstre.*

Aucun détail sordide n'est passé sous silence. Ni le viol, bien sûr. Ni le meurtre, quand il l'a achevée en lui tranchant la gorge – c'est à ce moment-là que la mère a flanché –, ni l'acharnement à coups de parpaing sur le visage pour effacer son image. Ni comment il a poussé du pied le corps dans le fossé d'un bois et l'a recouvert de terre. Cette barbarie est si précisément et scrupuleusement lue d'une voix neutre que le crime apparaît encore plus monstrueux.

On n'aurait sans doute jamais retrouvé ce corps supplicié et si bien dissimulé dans le trou de cette forêt, si un promeneur du nom de Raymond Desplace, par malchance pour Simon, n'était tombé dans le fossé en voulant sauter par-dessus. Les orages des derniers jours avaient découvert la main droite de l'adolescente et le pauvre type avait hurlé de terreur en l'attrapant. Il a raconté aux policiers qu'il l'avait confondue avec une racine !

Pendant les quarante-huit heures réglementaires de garde à vue, Simon avait continué à nier l'évidence avec une telle arrogance qu'il avait fallu s'interposer avant que l'un des enquêteurs ne se jette sur lui de rage. Pire que le viol et l'assassinat, c'était la cruauté qui les avait révoltés le plus. Pourquoi autant de brutalité gratuite ? La question était restée sans réponse. Car, pour le reste, les policiers avaient accumulé tellement de preuves que sa culpabilité ne faisait aucun doute. Tout l'accablait : les témoignages qui ont démontré qu'il était dehors au moment du crime (j'ai bien été obligée de le reconnaître), les taches de sang sur la chemise de Simon découverte au fond du panier à linge sale et, pour finir, son A.D.N. relevé sur le corps de la malheureuse. Mais son entêtement à ne pas avouer ne faisait que renforcer l'acharnement bien compréhensible des policiers à le contraindre de reconnaître les faits.

Simon avait encore maintenu sa position insensée quand il avait été confronté aux résultats des analyses A.D.N. Certes, elles ne sont pas fiables à 100 % et il s'était raccroché un peu pathétiquement à cette inutile probabilité.

Les enquêteurs, même s'ils pouvaient s'en passer tant ils avaient accumulé de preuves, voulaient absolument qu'il avoue son crime barbare avant de le mettre en prison. Ils comptaient donc sur moi pour qu'il passe aux aveux, mais c'était m'accorder bien de l'importance. Je savais d'avance que Simon ne céderait pas devant moi et j'étais seulement angoissée à l'idée de le voir.

Le brigadier-chef Ferchut était venu me prendre chez mes parents. Il ne m'avait pas beaucoup parlé pendant le trajet, j'avais apprécié son tact et son respect. Je lui en suis encore reconnaissante. C'est si rare... Il avait bien compris que j'étais aussi une malheureuse victime et que ma détresse était immense.

Je m'étais donc retrouvée dans le bureau du juge d'instruction Antoine Durocher, dans un premier temps seule, face à ce jeune homme strict d'une trentaine d'années. Simon avait déjà été inculpé des horreurs dont on l'accusait et la presse, comme à son habitude, en dévoilait des détails particulièrement sordides.

Peu de chose, en vérité, à côté de ce que je venais d'apprendre de la bouche du juge. Peut-être espérait-il de moi d'autres révélations, mais je ne pouvais que lui répéter ce que j'avais déjà dit aux policiers qui s'étaient déplacés en personne chez mes parents : je ne savais rien. Je n'arrivais toujours pas à y croire malgré l'évidence des preuves. Je lui avais confié en chuchotant :

« J'ai vécu avec lui pour le meilleur pendant seize années. Maintenant je sais trop que je vais vivre le pire. Et je ne comprends toujours pas ce qui m'arrive. Aujourd'hui, j'ai simplement honte pour moi, mes enfants, mes parents et tous ceux qui m'ont fait confiance. Ce sont eux qu'il faut que je protège désormais. Je voudrais sortir de cet enfer mais je sais que j'y

resterai prisonnière pour le restant de ma vie. Je suis perdue, monsieur le juge. Perdue et anéantie. »

Je m'étais étonnée moi-même d'avoir parlé aussi longtemps et le juge avait eu la courtoisie de ne pas m'en demander davantage. Il m'avait confié qu'il n'attendait plus que ses aveux pour clore le dossier.

« C'est un coriace, votre mari, m'avait-il affirmé avant de le faire appeler. Il est muré dans son refus d'admettre l'horreur de son geste. Vous êtes croyante, madame, d'après ce que j'ai appris. Alors, croyez-moi, ses aveux seront les premiers pas vers le pardon. Aidez-le. En l'aidant, vous vous aiderez aussi à sortir de l'enfer dans lequel il vous a précipitée. »

De ces instants qui n'ont duré que quelques minutes tant Simon était excité, je me souviens seulement qu'il portait la même chemise brune que le samedi précédent et qu'elle aurait mérité un bon coup de fer à repasser tellement elle était fripée. Je me rappelle m'être alors reproché de ne pas lui avoir fait suivre du linge propre. Avec le recul, c'est vraiment stupéfiant de penser à des choses pareilles dans de tels instants, non ? Cependant, je dois l'avouer ici, cette chemise brune en mauvais état retenait toute mon attention. Surtout que ce n'était pas le genre de Simon de sortir avec un vêtement froissé. Il était toujours sensible à son apparence et combien de fois il avait fallu que je repasse un costume et une chemise quand il passait en coup de vent à la maison, avant de ressortir et de me laisser seule le soir! Il arrivait même parfois qu'il me sorte du lit pour que je lui prépare un vêtement. De vous à moi, j'étais malgré tout fière de mon mari, toujours chic alors que tant d'hommes de notre entourage se laissaient aller : chaussures pas cirées et tutti quanti...

Mais je ne parvenais pas à le regarder, et encore moins à lui parler. C'est sans doute pour cela que toute mon attention se portait sur sa chemise sale.

Les policiers qui l'encadraient n'avaient pas voulu lui enlever les menottes. Il n'avait fait que hurler qu'il était innocent, qu'ils étaient tous des salopards de s'acharner sur lui et qu'un jour ils le paieraient.

« Dis-leur, toi, que j'étais à la maison le jour où la gamine a été enlevée. »

Il s'était calmé quelques secondes, seulement le temps d'accuser :

« Tu te rends compte, ma chérie, ils sont après moi alors qu'une ordure est dehors. Vous serez responsables du prochain viol, bande de salauds!

– Monsieur Darget, asseyez-vous, avait tenté le juge Durocher. Ce que vous n'avez pas voulu nous avouer, dites-le à votre femme. Faites-le pour elle et, sinon, pour vos enfants. Ils méritent la vérité. »

Simon était en nage et je voyais les auréoles de transpiration sous ses aisselles.

« Quelle vérité? Mes enfants t'emmerdent, connard! Tu vas lui dire, toi, qu'on était ensemble. À

la maison, je vous dis. On a même fait l'amour si tu veux tout savoir. Dis-leur, ma chérie, qu'on ne s'est pas quittés de la journée. »

J'étais pétrifiée, toujours incapable de prononcer quoi que ce soit. J'aurais dû dire au juge qu'il était inutile d'insister car je sais, pour l'avoir vécu si souvent par le passé, que Simon est incapable de se reprendre et de revenir à l'élémentaire raison quand il est aussi énervé.

Le juge avait pourtant encore essayé de le raisonner, mais il ne faisait que répéter en hurlant : « Elle était avec moi ! Foutez-la en taule, elle aussi, puisqu'elle ne m'a pas quitté ! »

Je savais bien que ce n'était pas vrai. Simon s'était longuement absenté en ce milieu d'après-midi. J'aurais aussi pu dire au juge que nous ne faisions plus l'amour depuis longtemps. Que j'avais bien remarqué les petites traînées de sang quand il m'avait donné sa chemise canadienne à laver. Mais que ce n'était pas le jour de la couleur, et que j'avais laissé la chemise au fond du panier.

J'étais incapable de prononcer le moindre mot.

Réalisant que c'était peine perdue, le juge avait fini par demander aux policiers d'emmener Simon mais il avait fallu du renfort pour le faire sortir de la pièce. J'avais enfin pu relever les yeux, avant de confirmer que Simon s'était absenté cet après-midi-là.

« Ça, madame Darget, nous le savons bien.

– Merci pour votre compréhension, monsieur le juge. C'est suffisamment dur comme cela. »

Je n'avais pas osé lui demander si je pouvais envoyer du linge de rechange à mon mari et j'avais gardé pour moi qu'il y avait bien longtemps que Simon ne m'avait pas appelée « chérie ». À trois reprises.

« Il faudra qu'on se revoie, madame Darget. Il y a tellement de choses à comprendre dans cette affaire. Sachez que vous pouvez compter sur mon soutien total. Je serai toujours là pour vous. » Ensuite, il avait ajouté, un brin énigmatique : « Je vais vous confier un secret de l'instruction que je vous demande de garder pour vous. Les enquêteurs ont été mis sur la piste de votre mari à la suite d'un coup de téléphone anonyme. »

Je ne reconnais plus le Simon arrogant et si sûr de lui qui fut mon époux pendant seize ans dans l'homme qui écoute, ou plutôt qui entend réciter l'ampleur de son crime pendant trois heures, dix-sept minutes et quarante-sept secondes, le visage baissé entre ses deux mains, dans l'homme qui n'a pas osé regarder une seule fois la salle d'audience, dans celui qui n'a pas pu prononcer un mot de pardon quand le juge a achevé sa longue lecture monotone.

Un silence impressionnant de quelques secondes s'empare de la salle. Un silence oppressant qui ne dure pas. D'abord quelques injures fusent, puis le public laisse éclater son dégoût. Ces hurlements que le président ne parvient pas à calmer m'enfoncent dans ma propre honte.

« Les débats reprendront à 14 h 30 », annonce le président, en laissant la salle qui exprime sa haine animale.

Quand je relève les yeux, le box est vide. Je profite du remue-ménage général pour quitter la salle d'audience, et j'échappe par miracle aux journalistes qui rôdent autour des parents, tous les deux en larmes. Fracassés par la douleur.

Je me suis éloignée le plus possible du tribunal, pour déjeuner loin des regards dans un petit restaurant dénommé Le P'tit Montmartre. J'ai pris le plat du jour, un bœuf aux carottes délicieux et bien servi, puis une part de tarte maison aux pommes et un café. Le tout pour douze euros et vingt centimes. C'est une bonne adresse – peu onéreuse et discrète – aussi, j'ai laissé un pourboire de trente centimes. Je reviendrai demain.

Bien avant tout le monde, je reprends ma place au troisième rang, d'où je peux observer l'entrée successive des malheureux parents dont le terrible calvaire est loin d'être terminé. Je me demande s'ils ont eu la force de manger. Personnellement, je pense que, dans leur situation, je n'aurais pas pu.

Une femme d'une quarantaine d'années, portant des lunettes bizarres qu'on ne voit que dans les journaux de mode, genre Le Figaro Madame *que j'achète parfois le samedi, réussit en jouant des fesses à s'asseoir à côté de moi. Je devine vite qu'elle est journaliste. Elle me sourit en me priant de l'excuser de m'obliger à me serrer un petit peu. Beaucoup, oui, mais qu'est-ce que je peux faire devant un tel sans-gêne ? Elle me dit que c'est la seule place encore disponible et qu'avec un petit effort on devrait y arriver. Elle me glisse en confidence qu'elle est journaliste, comme si je ne m'en étais pas aperçue. Ces gens-là, même un aveugle les repérerait ! Ils ont quelque chose de tellement sûr d'eux-mêmes, d'être en terrain conquis... Si elle me croit assez bête pour ne pas avoir repéré son manège... (ce n'est évidemment pas un hasard si elle est venue s'asseoir à côté de la femme du monstre, à en faire baver ses confrères). Je lui réponds :*

« Il n'y a pas de problème, madame. On va se serrer un peu.

– Merci. »

Puis, comme je l'ai prévu (décidément, ces gens-là sont tellement prévisibles), elle se présente : « Agathe Monbaerts, je suis journaliste au Figaro. *»*

J'avais vu juste pour les lunettes ! Elle est évidemment au Figaro.

Comment peut-on porter des montures pareilles... Cette femme n'est pas moche, mais ses lunettes ne l'avantagent vraiment pas. Avec son visage ovale – et surtout à son âge –, elle devrait porter des montures plus classiques que ces espèces de trucs bariolés qui remontent en amande. Les branches épaisses et vertes sont toutes droites et se plaquent sur ses cheveux courts, teints en roux. Je sais bien que tous les goûts sont dans la nature, mais, franchement, il y en a certaines qui ont le chic pour s'enlaidir. Je pense par moi-même que c'est exactement le style de bonne femme que Simon ne peut pas supporter. Ces espèces d'intellectuelles parisiennes. Quand il en voyait une à la télévision ou ailleurs, il disait qu'elles étaient à claquer et se demandait qui pouvait bien vouloir baiser ces machins-là.

J'aime bien la façon dont le président annonce, comme à la télévision : « Faites entrer l'accusé ! »

L'après-midi promet d'être très intéressant puisqu'il sera consacré à l'interrogatoire de Simon. J'ai hâte de l'entendre s'expliquer quoique, le connaissant, je craigne qu'il ne déçoive l'auditoire en échappant aux questions.

8.

Du jour au lendemain, Grenoble, sa région et son travail n'avaient plus convenu à Simon. Il avait décidé de partir et le plus rapidement possible.

« Il y a trop de cons dans cette boîte », s'était-il contenté de dire.

Cette précipitation subite m'avait surprise, mais j'avais appris, pendant ces premières années de mariage, à ne pas m'élever contre ses décisions. C'était inutile. Nous allions donc changer de lieu de résidence seulement un an et huit mois après notre installation. Simon avait décidé de « changer d'air ». « Ici, ça pue ! »

Il avait déjà trouvé un travail de représentant de commerce dans le matériel médical à Aix-en-Provence. La rémunération était légèrement inférieure mais il m'avait assuré que les conditions de vie étaient nettement meilleures dans le Sud.

« Il fait beau toute l'année, c'est pas comme ici avec cette putain de pluie. »

Nous avions quitté le Dauphiné en moins d'un mois. Par bonheur, la promesse de ce travail à Aix s'était confirmée à notre arrivée, sinon nous aurions été dans de mauvais draps : sans salaire et avec désormais un enfant à charge. Car Jérémie, mon fils, est grenoblois de naissance !

Quoi qu'en ait dit Simon, ces mois passés à Grenoble resteront parmi les plus heureux de ma vie. Sinon les plus heureux. J'en viens même à les regretter aujourd'hui et pas seulement grâce à cette grossesse bénie.

Simon ne voulait pas en entendre parler dans les premières années de notre mariage. « On a bien le temps, profitons de la vie tant qu'on est jeunes », me répondait-il quand j'osais aborder le sujet. Très rarement, je dois l'avouer, car cela avait le don de le mettre en colère.

Mais avant de parler des années passées à Aix-en-Provence, il faut que je vous raconte dans quelles conditions nous avions quitté, plutôt précipitamment (déjà !), notre résidence précédente de Coulomiers, près de Toulouse.

Et comment j'avais pu en profiter habilement pour devenir la maman de mon petit Jérémie.

Je vous rappelle que Simon était quitte avec la justice, frais d'avocat remboursés, après les racontars honteux de la petite effrontée qui l'avait accusé en pleine rue de viol.

À mon grand soulagement, au début, l'affaire ne s'était pas sue. Vous connaissez les gens, il suffit qu'une mauvaise rumeur circule et votre réputation est faite, car ils n'attendent que ça, même ceux que vous considérez comme des amis, pour dire du mal des autres.

Nous étions restés pendant plusieurs semaines à l'abri de la calomnie, jusqu'au jour où la mère de la fille avait envoyé une lettre honteuse au patron de Simon dans laquelle elle avait écrit que l'entreprise abritait un violeur de mineure. Elle désignait Simon Darget. L'affaire, affirmait-elle, avait été étouffée par la justice, aussi elle menaçait le patron d'alerter la presse locale s'il ne réagissait pas. En clair, elle avait demandé qu'il soit renvoyé.

Simon avait pu démontrer sans aucun mal à son responsable que la jeune fille était une mythomane, mais l'acharnement incompréhensible de cette mère avait fini par se savoir dans l'entreprise. Pendant des jours, elle avait inondé le patron de lettres et d'appels téléphoniques. Simon avait eu beau la menacer de porter plainte pour dénonciation frauduleuse, elle avait continué. Il aurait dû le faire, car cette femme avait fini par obtenir ce qu'elle cherchait : il avait été contraint de quitter son emploi non sans, cependant, toucher les indemnités réglementaires.

Alors qu'il était innocent et malgré ses excellentes références professionnelles, il n'avait pas pu trouver un nouvel emploi dans la région. L'affaire avait fini par prendre de telles proportions que nous avions préféré quitter la ville.

Vous connaissez les gens quand il s'agit de faire le mal : des collègues féminines de Simon dont la fameuse Sophie, cette allumeuse rouquine dont je lui avais dit de se méfier, s'étaient plaintes (comme par hasard) de harcèlement sexuel. Quand je pense que toutes ces dames étaient venues se goberger chez nous pour les barbecues du dimanche... L'ingratitude est vraiment une caractéristique humaine, sinon féminine ! Connaissant mon Simon, j'avais préféré rester en dehors de tout cela, mais j'ai quand même appris que la Sophie l'avait accusé de chantage à l'emploi en échange de relations sexuelles. À sa suite, d'autres collègues avaient fait état de propositions indécentes de la part de mon Simon auxquelles (évidemment...) elles n'avaient pas donné suite.

Dans un premier temps, comme à son habitude, Simon avait pris ça à la rigolade, disant que « c'étaient toutes des frustrées qui rêvaient de la grosse bite qu'elles n'avaient pas à la maison ».

« T'as vu comme elles me tournaient autour, ces pouffiasses ! »

Puis, un jour, il avait tout envoyé balader. Son patron était un lâche – nous l'appelions « sans couilles » – et Simon avait préféré négocier son départ.

Puisque les Toulousains étaient des connards, il avait décidé d'aller voir ailleurs « si l'air était moins pourri ».

Voilà comment nous nous étions retrouvés à Grenoble au mois de mai 1995. Pour en repartir en toute hâte un an et demi plus tard. Mais quand il avait décidé quelque chose, mon Simon, il était inutile d'essayer de le faire changer d'avis. J'avais donc pris mon parti de déménager une nouvelle fois et je m'étais chargée de tout.

Durant toute cette épreuve toulousaine, finalement plus harassante pour lui que je ne l'avais pensé, j'étais restée fidèlement aux côtés de mon époux. Pas un instant, je n'avais douté de sa bonne foi et il m'en était reconnaissant. Il est important de se sentir soutenu quand on traverse une épreuve. Le rôle d'une femme n'est-il pas d'être aux côtés de son époux ?

J'ose dire aujourd'hui que je me souviens avec plaisir des soirées interminables que nous avons passées à médire des défauts physiques et des supposés travers sexuels de ses accusatrices. Les oreilles avaient dû leur siffler tellement nous nous défoulions ! Sophie, et son mouflet dont on pouvait se demander qui était le père, avait eu droit à sa dose...

Je me demande ce qu'elle a bien pu devenir à collectionner les aventures. Sans doute rien de bien reluisant...

Grâce à cette complicité, nous avions retrouvé une nouvelle intimité et, à peine installée à Grenoble, j'avais retiré mon stérilet. Je voulais tellement un enfant que j'avais osé lui demander de me pénétrer comme une femme. Après tout ce qui s'était passé à Toulouse, tout ce que j'avais accepté de supporter, il me devait un enfant.

La venue de ce fils avait transformé Simon, qui s'était révélé un père attentif. Cela peut vous paraître incroyable quand on sait ce qu'il a commis mais c'est la pure vérité. Même lorsqu'il partait en tournée dans le département de l'Isère pour sa société d'outillage, il téléphonait tous les soirs pour prendre des nouvelles de son fils. Il suffisait que je lui dise qu'il avait de la température pour qu'il rappelle plusieurs fois dans la journée. Cela me changeait du temps où il partait plusieurs jours d'affilée sans donner de nouvelles. Je dois encore avouer que j'en rajoutais parfois sur l'état de santé de son fils rien que pour le bonheur d'entendre son inquiétude paternelle. À cette époque, il revenait le plus souvent possible pour être avec nous, au risque d'affronter la neige si présente dans nos régions.

Désormais, il rentrait pour dîner et, après avoir couché le petit, il regardait la télévision avec moi, attentif au moindre bruit venant de la chambre de mon Jérémie.

Et surtout, finies les sorties où il m'avait entraînée jusqu'à pas d'heure dans des clubs pour personnes adultes. Qu'on le veuille ou non, la paternité change son homme ! Voilà pourquoi j'ai passé les plus beaux moments de ma vie à Grenoble, à l'exception des derniers jours qui eurent pour conséquence notre départ précipité de la région Dauphiné. Voici précisément ce qui s'est passé en octobre 1996.

Simon était revenu tard, vers minuit, d'une tournée de deux jours dans le nord du département. Il était nerveux, si différent soudain des derniers mois. J'avais remarqué qu'il portait des traces rouges sur le visage et j'avais hésité à lui demander s'il s'était battu, et avec qui. Ça n'aurait pas été la première fois car Simon était d'un tempérament belliqueux. Mais je n'avais rien osé demander, étonnée qu'il ait d'abord pris une douche avant d'aller embrasser notre fils endormi, comme il le faisait toujours depuis qu'il était papa. Sans même prendre de ses nouvelles, il était ressorti aussitôt. Je m'étais demandé pourquoi il avait changé de costume et de chemise et ce qu'il y avait dans le sac qu'il portait.

« Il faut que je repasse à la boîte », s'était-il contenté d'expliquer.

Par simple curiosité, j'étais allée inspecter la salle de bains où, avant de partir, il avait lancé une machine à 30° dans laquelle ne tournait que la serviette blanche à liséré bleu qui faisait partie du lot complet de bain proposé sur notre liste de mariage, et offert par sa cousine Marielle et son mari, Étienne. J'avais dû attendre que le temps de lavage se termine pour remettre la machine en route à 60°, la seule température à laquelle les taches de sang pouvaient disparaître.

J'étais tellement anéantie par son comportement que je n'avais réussi à m'endormir que grâce à un cachet d'Alcyon. C'était dans un état de semi-inconscience qu'il m'avait réveillée à je ne sais quelle heure, à force de me serrer les seins brutalement. Je l'avais entendu me murmurer à l'oreille ces simples mots qui me font encore frémir aujourd'hui : « Je vais t'enculer. »

Sans force pour résister, je m'étais soumise à ses désirs comme autrefois, en espérant que ses grognements ne réveilleraient pas mon enfant dans la chambre voisine dont la porte était restée grande ouverte. Je crois que je m'étais rendormie quand il avait joui, car je n'en garde aucun souvenir.

Les braillements de Jérémie m'avaient sortie du sommeil aux premières heures du matin. Simon m'avait secouée : « Va t'occuper du gamin. T'entends pas qu'il gueule depuis une heure ? »

J'avais fait le plus doucement possible mais je n'arrivais pas à calmer le petit qui refusait le biberon. Simon s'était levé en rogne. J'avais remarqué aussitôt la longue trace rouge sur sa joue droite. Ça l'avait agacé : « Quoi ? Tu veux ma photo, connasse ! »

Pour la première fois depuis que nous nous connaissions, il m'avait traitée mal et je n'avais pas pu m'empêcher de sangloter.

Il n'avait accordé aucune attention à mes pleurs et il avait préparé sa valise. Quand il était revenu dans la cuisine, il avait crié sur moi parce que le café n'était pas prêt.

« On va se barrer de cette région de cons. J'ai du boulot dans le Sud, à Aix. Je descends là-bas aujourd'hui pour tout organiser. » Il était devenu soudain moins agressif. « Tu verras, on sera comme des coqs en pâte ! C'est pas comme ici, c'est beau temps toute l'année sur la Côte. Ça va nous changer de leur climat pourri. J'ai jamais pu m'y faire à leur pluie et à leur putain de neige. Si encore on faisait du ski, mais t'as jamais voulu. Au moins, là-bas on ira à la plage ! »

Il s'était mis à rire et j'avais arrêté de pleurer.

« Tu téléphoneras à la boîte ce matin pour dire que je suis malade, et après-demain tu enverras ma lettre de démission par recommandé.

– Avec accusé de réception ?

– Évidemment. Qu'est-ce que tu crois, avec des cons pareils ? Moi, je ne remonte plus. Je ne veux plus refoutre les pieds dans le coin. Ça me déprime de voir leurs tronches de connards. Tu organises le déménagement et tu descends avec le petit le plus tôt possible.

– Tu es sûr qu'on peut partir comme ça ?

– On les emmerde ! C'est notre vie et on en fait ce qu'on veut. Non, t'es pas d'accord ? J'ai pas toujours pris les bonnes décisions ?

– Si.

– Crois-moi, dans la vie il ne faut pas hésiter. Quand une décision est bonne, elle est bonne... »

Il avait à peine touché au café que j'avais réussi à lui préparer avec Jérémie dans les bras.

« Il est dégueulasse, ton café.

– J'ai mis trop d'eau, je m'excuse. »

Il avait arraché Jérémie de mes bras et l'avait secoué en le portant vers le plafond.

« Même le café est imbuvable ici ! Il est temps qu'on se tire ! Hein, mon bébé ? » Il l'avait embrassé sur le front avant de me le rendre. « Il pue la merde, ton fils. Au lieu de pleurnicher, tu ferais mieux de le changer. »

Je n'avais pas voulu lui répondre que le petit s'était vidé pendant qu'il le soulevait et je le portai vers la table à langer.

« Putain, ça schlingue ! »

Il était déjà sur le pas de la porte, la valise en main.

« Adieu Grenoble, pays de cons. Toi, n'oublie pas ce que tu as à faire. Je ne peux pas continuer à m'occuper de tout dans cette maison. Il est temps que tu prennes les choses en main, nom de Dieu ! Allez, on se retrouve à Aix dans quinze jours, au plus tard. »

Si vous trouvez sa réflexion particulièrement cruelle à mon égard, sachez que j'y étais habituée depuis longtemps et que je n'y prêtais plus vraiment attention. Cela avait pu me heurter au début de notre mariage, mais j'avais vite compris que c'était davantage sa façon de faire qu'une réelle volonté de blesser. Au fond, je ne sais pas si vous me croirez, compte tenu des événements, ce n'était pas un vrai méchant, mon Simon. Il était juste parfois bêtement brutal. C'était du moins comme cela que je le voyais à l'époque.

Il avait refermé la porte sans un dernier regard pour nous deux.

Il n'était pas remonté et j'avais organisé toute seule le déménagement. J'avais placé nos biens dans un garde-meuble de Grenoble, le temps que Simon ait trouvé un logement. À ma grande surprise, son patron n'avait fait aucune difficulté pour accepter sa démission et, par retour de courrier, il l'avait dispensé de son préavis. J'étais un peu vexée par ce manque de considération, mais Simon n'en avait nullement été affecté. « Je t'avais bien dit que c'était des cons dans ce coin. Ils en ont rien à foutre de ceux qui font bien le boulot », avait-il réagi au téléphone.

Je l'avais rejoint quinze jours plus tard à Aix-en-Provence, au Select Hôtel où il avait pris une chambre. C'était dans cette chambre que nous avions dû passer les fêtes de fin d'année. Simon étouffait dans cette unique pièce où la seule distraction était la télévision. Heureusement pour moi, la chambre en était équipée.

Aussi, il s'échappait tous les soirs et les week-ends, nous laissant seuls, son fils et moi, et il ne rentrait que tard dans la nuit. Les odeurs de parfums qui imbibaient ses vêtements me rendaient malheureuse mais j'évitais de lui montrer mon désarroi, portant toute mon attention à ce que Jérémie soit toujours propre. Simon ne supportait pas les mauvaises odeurs.

Enfin (car je crois que j'aurais fini par craquer), début février, nous avions emménagé dans un quatre pièces de la périphérie, pour 4 250 francs par mois sans les charges. Entre parenthèses, cette région était hors de prix dans tous les domaines et je n'ai pas été mécontente de la quitter plus tard.

J'avais enfin pu reprendre mes esprits et me consacrer à mon passe-temps favori : la décoration.

J'ai toujours été plutôt douée dans ce domaine, quoi qu'en ait pensé Simon, et j'aime, vous l'avez compris, les maisons bien tenues.

À ce jour, je n'avais pas annoncé à Simon que j'étais à nouveau enceinte, de cinq mois. J'avais pensé le lui dire pour Noël, mais il était rentré tard et en état d'ébriété, et j'avais préféré renoncer.

De plus, comme il ne m'avait pas touchée depuis mon arrivée à Aix, il était normal qu'il ne s'en soit pas aperçu.

Le procès

Quoi qu'on ait appris aujourd'hui de Simon, je n'ai pas honte de dire qu'à l'époque j'étais fière d'avoir pour mari un si bel homme. Grand, les yeux bleu lavande, un corps harmonieux entretenu par une pratique sportive régulière et toujours bien habillé, tel était mon mari. Il plaisait aux femmes, je m'en rendais bien compte.

Mais c'était avec moi qu'il vivait, il était mon époux et cela, personne ne pouvait me l'enlever. Simon, avec ce mélange de classe naturelle et de grâce animale, était un homme sur lequel les femmes se retournaient. Il s'en amusait. « T'as vu ? me disait-il souvent. Je fais saliver les salopes. »

Ah ! ce qu'il a pu m'assommer avec ses discours sur les femmes qui, selon lui, étaient des « éternelles insatisfaites au pieu » !

« Malheureusement pour elles, avait-il plaisanté en me caressant les seins tandis que nous roulions, ma bite est en main ! Et elle a envie de rentrer au garage... »

Les éclats de rire qui accompagnaient ces mauvaises blagues m'étaient insupportables, mais je m'étais laissé faire malgré mon inquiétude de le voir conduire d'une seule main.

Dans ces moments-là, il fallait que je le caresse et que je le prenne dans ma bouche, avec la peur d'être vue dans cette position inconvenante. À l'inverse, Simon avait l'air de s'en moquer puisque, même au feu rouge, il maintenait fermement ma tête sur lui.

Disons aussi que Simon était un sacré boute-en-train. Amusant, charmeur, il savait mettre de l'ambiance dans les soirées où nous étions toujours les bienvenus, surtout grâce à lui, il faut bien le reconnaître. De tempérament, j'étais nettement plus effacée. Je savais bien que, aux yeux de beaucoup, je n'étais que l'épouse discrète qui « devait porter les cornes plus souvent qu'à son tour ». Cette impression, je la voyais dans le regard des autres : la bonne poire cocue, devaient-ils penser, les imbéciles ! Mais que savaient-ils de notre vie, tous ces gens qui ne remarquaient que lui : le bel, impayable et conquérant Simon Darget... Elles pouvaient toujours baver, les connes, la seule Mme Darget, c'était moi !

Si j'évoque tout cela aujourd'hui, c'est parce que l'homme qui se lève, les yeux baissés, à la demande du juge a perdu sa superbe d'autrefois. Silencieux, honteux, perdu, pitoyable, lamentable.

Il parle si faiblement que le juge est obligé de se fâcher :

« Il faudra bien un jour, monsieur Darget, que vous affrontiez la vérité en face et que vous le fassiez à haute et intelligible voix. Vous êtes un lâche, Darget ! Il y a ici des personnes, ajoute-t-il en désignant les parents, qui attendent que vous arrêtiez de fuir vos responsabilités et que vous ne baissiez plus la tête à l'énoncé de vos actes. Ce n'est pas du courage que je vous demande, ni de la compassion pour ce que vous leur avez fait endurer, mais simplement, pour une fois, que vous vous comportiez en homme. Mais je ne sais pas, je dois vous l'avouer, si vous en êtes capable. Affrontez vos actes, Darget ! »

Simon ne nie rien, il reconnaît tout, même le plus sordide.

« Vous reconnaissez, monsieur Darget, vous être acharné sur la pauvre enfant avec votre poignard avant de la violer ?

– Oui, monsieur le président, répète-t-il sans cesse, mais d'une voix si faible...

– Plus fort, Darget. La cour veut vous entendre exprimer tout haut les aveux de l'horreur de votre crime.

– Oui, oui, dit-il tout bas et soudain ce cri : Oui, c'est moi. Moi.

– Elle avait moins de seize ans, Darget !

– Oui, oui...

– Pourquoi, monsieur Darget ? Nous voudrions simplement savoir pourquoi vous avez martyrisé Sonia après l'avoir enlevée. Pourquoi cet acharnement ?

– Je suis malade, monsieur le président, malade. Il faut me soigner. »

Simon est pris de tremblements, il s'effondre sur son siège comme en proie à une crise d'hystérie.

Moi qui le connais, je sais qu'il voudrait disparaître, revenir au temps d'avant quand il faisait le beau. Le beau Simon que tout le monde appréciait. Il veut s'échapper de ce tribunal, fuir pour ne plus avoir à s'expliquer.

Mais il ne reviendra pas, Simon, ce temps passé. Tu as fait trop de mal. C'est fini maintenant, tu ne feras plus le beau. Je te trouve pathétique, tout simplement affreusement pathétique.

À mon grand soulagement, le président intervient avec fermeté. Moi aussi, je veux que nous allions au bout de cette épreuve douloureuse pour tous et pas seulement pour lui.

« Debout, Simon Darget. Relevez-vous. Nous allons poursuivre l'interrogatoire. Sachez que vos crises d'hystérie ne m'impressionnent pas. Nous irons jusqu'au bout, même s'il faut que les gendarmes vous soutiennent. Vous répondrez à mes questions debout !

Déterminer si vous êtes malade ou non, nous le verrons plus tard dans ce tribunal avec les experts psychiatres qui vous ont examiné. Pas avant. D'abord nous voulons vous entendre sur vos actes. Rien que vos actes. Et peut-être aurons-nous un début de réponse. »

Mais Simon se referme sur lui-même et ne lâche plus que quelques « oui » à peine audibles. Le président finit par s'en contenter, mais il va jusqu'à la fin de la description de l'horreur avec des questions si précises que Simon se contente de hocher la tête sans prononcer le moindre mot.

Il me fait honte. Comment les gens vont me juger maintenant ? Pourront-ils comprendre que moi aussi, comme la malheureuse gamine, j'ai pu être abusée par un pareil minable, incapable de relever la tête quand le juge – cet homme, soit dit en passant, de si grande qualité – l'interpelle fermement, sans obtenir la moindre réaction humaine ?

Quelle déception pour tous ! La lâcheté affichée de Simon rend encore plus palpable le sourd dégoût que son attitude provoque dans la salle. J'espérais mieux de cette première journée d'audience.

Moi aussi, je suis déçue. Simon m'inspire plus de mépris que de dégoût. Il ne s'est vraiment pas montré à la hauteur de l'événement. Un assassin minable...

Il devrait pourtant se douter que les journaux le mettront en pièces demain matin. L'idiot, ce n'est pas en continuant à observer cette attitude négative qu'il ralliera les journalistes à la thèse de sa pseudo-maladie. Déjà qu'ils n'avaient pas un a priori très favorable...

La journaliste binoclarde qui s'est assise à côté de moi – alors que le rang est réservé aux seuls témoins, ce qui démontre le sans-gêne de cette profession – a gribouillé plusieurs pages de son cahier à spirale, sans se préoccuper de son coude gauche qui me martyrise les côtes tellement nous sommes serrées sur le banc. Concentrée sur l'interrogatoire de Simon, elle ne semble pas s'intéresser à moi et je peux lire sans difficulté ce qu'elle publiera demain sur lui.

« L'homme à femmes flamboyant, le pervers grande gueule que les enquêteurs s'étaient plu à dépeindre est une loque dévastée. Darget demeure figé dans un silence honteux qui révolte la salle. Devant le président Laforge qui l'interpelle sans cesse avec une certaine agressivité, il ne parvient qu'à dodeliner de la tête. Il nous apparaît comme un petit garçon qui a fait une grosse bêtise. Un pauvre type, plus craintif que vantard. On peut craindre qu'il ne s'enferme dans cette attitude négative jusqu'à la fin des débats. »

« Vous partagez mon point de vue, madame Delecourt ? »

Elle m'interpelle doucement, comme une confidente. Je me demande comment elle connaît mon nom de femme divorcée alors que, pour tous ici, je suis toujours « la Darget », la femme du monstre. Je me sens piégée et je ne peux que répondre, avant de détourner les yeux de son cahier :

« Je ne sais pas.

– J'aimerais vous parler après l'audience. Vous voulez bien ? »

Je laisse passer quelques instants avant de murmurer :

« Oui. Mais, vous savez, je n'ai pas grand-chose à dire. »

Elle réagit par un simple merci, puis elle ajoute :

« Vous pouvez me faire confiance. Je cherche seulement à comprendre cet homme, moi aussi, et je crois que vous pouvez m'aider.

– Vous croyez ? Je suis tout aussi perdue. »

Il faut bien que les journalistes servent à quelque chose. Elle croit me tenir, mais elle ne sait pas que c'est moi qui la tiens. Il est temps que Mme ex-Darget prenne la parole. Avec la dignité de la femme bafouée et trahie.

Avant le tribunal, je vais confier en premier ma vérité à cette femme. Celle d'une victime.

Cette interview que tout le monde aura lue avant ma déposition doit m'aider à affronter l'épreuve de mon témoignage devant tous ces gens si hostiles. Une épreuve qui m'effraie au point de me gâcher le sommeil. J'ai si peur que, depuis des jours, je me réveille aux aurores sans parvenir à me rendormir. Moi qui aime maintenant tellement traîner au lit le matin...

Un petit plaisir personnel que je m'interdisais du temps de ma vie commune avec le monstre. C'est qu'il fallait que tout soit nickel au réveil de « monsieur ». Je voudrais bien voir l'état de sa cellule maintenant qu'il n'a plus son esclave pour le ménage et le reste... Pour le reste, c'est régime « veuve poignet », hein, mon salaud !

Car demain sera mon jour ! Celui de la réhabilitation de l'épouse humiliée, l'autre malheureuse victime du monstre. Ce rôle me suffit.

Le procès / deuxième jour

Il y a longtemps que je n'ai pas passé une nuit aussi tranquille. Je me suis endormie de bonne heure après avoir regardé le récit de la journée au journal de P.P.D.A., comme il est de coutume de l'appeler. Décidément, je n'arrive toujours pas à réaliser que des vedettes du petit écran, comme on dit aussi, parlent de mon affaire.

C'est une femme journaliste – décidément, les femmes envahissent les prétoires – qui représente la première chaîne. Sa tête ne me dit rien. Je ne l'ai pas repérée avec son petit visage de fouine rousse.

En direct du tribunal, elle n'a pas été tendre avec Simon dont elle a fustigé la lâcheté face à la douleur des parents effondrés et surtout de la mère de la jeune fille qu'il a fallu évacuer du tribunal au moment le plus douloureux. « L'homme dans le box vitré n'a pas bronché, comme insensible à la douleur d'une mère dont il a pris l'enfant en lui faisant subir les pires souffrances. » P.P.D.A. avait la mine grave quand il a repris le cours de son journal. Celui de la réprobation générale à l'égard d'un homme qui ne demande pas pardon à ceux dont il a massacré la vie. Reconnaissons ensemble que Simon l'a bien cherché, avec son comportement inqualifiable.

C'est donc en pleine forme et à peine inquiète, même si j'ai appris à me méfier des journalistes qui n'écrivent que ce qui les arrange, que je me suis levée de bonne heure pour acheter Le Figaro.

En première page, le titre de l'interview me rassure aussitôt : « Une épouse digne face à l'innommable, un entretien exclusif avec la femme du monstre de Laval, de notre envoyée spéciale Agathe Monbaerts, à lire en page 5. » La photo qui illustre l'interview montre une femme anéantie : moi.

La photo date un peu : elle a été prise il y a deux ans devant le commissariat de Laval d'où je sortais en larmes, soutenue par le brigadier-chef Ferchut. Il est vrai que je venais d'être confrontée pour la première fois à l'horrible vérité.

Il faudra que je lui demande pourquoi ils n'ont pas choisi les photos volées hier matin devant le tribunal, au moins, sur celles-ci je suis plus à mon avantage...

Je commande un petit déjeuner dans ma chambre et je résiste jusqu'au moment où on me l'apporte pour commencer la lecture de la page 5.

Ne croyez pas que je sois restée inactive pendant cette attente. J'en ai profité pour repasser, avec mon fer de voyage, le chemisier imprimé que je porterai aujourd'hui pour aller témoigner au tribunal et ensuite pour me maquiller légèrement. Je ne veux évidemment pas ressembler à toutes ces pouffiasses qui tournaient autour de Simon au temps de sa splendeur. L'ex-Mme Darget, aujourd'hui Delecourt, se doit d'avoir de l'allure, de la classe. J'y tiens.

Dans l'introduction de mon interview, je suis présentée comme l'autre victime du monstre, une femme qui vit un cauchemar depuis que l'atroce vérité lui a sauté au visage. « Elle vivait avec un mari modèle, un père aimant, mais elle ignorait qu'elle avait épousé un monstre. Elle est aujourd'hui culpabilisée et brisée. À chaque instant sa voix s'étrangle et ses yeux pleurent. » Bien...

« Comment arrivez-vous à supporter l'ampleur du drame qui vous a touchée de plein fouet ?

– C'est très difficile, même si ce que j'endure n'est rien à côté du calvaire quotidien des parents de la petite. Je continue à consulter un psychiatre et je prends toujours des calmants matin, midi et soir. Je tente au mieux de préserver mes enfants. Ils ont quatorze et douze ans et demi, et, à ces âges, ils sont très vulnérables. Au début, c'était l'horreur. Des professeurs refusaient de les prendre en classe et des camarades les

traitaient d'" enfants du monstre ". Nous avons été obligés de fuir pour tenter de trouver l'anonymat. Mais l'oubli n'existe pas pour nous.

– Aujourd'hui, comment avez-vous réalisé que vous avez partagé la vie d'un homme capable d'accomplir des actes aussi monstrueux?

– Au début, malgré les preuves des enquêteurs, je ne voulais pas croire ce qui s'était passé. C'était inconcevable. Je me demandais sans cesse comment j'avais pu ne m'apercevoir de rien. Je l'aimais sans doute trop mais, tout au long de ces années, je n'ai décelé aucun signe qui aurait pu me faire douter. Non, vraiment je n'ai rien compris, rien vu, rien deviné... Un homme qui se tenait comme il faut dans la vie, qui gâtait ses enfants et sa femme. Il n'y avait pas beaucoup de pères comme lui. Heureusement que j'étais là pour serrer un peu la vis! J'ai le souvenir d'un homme exceptionnel, qui savait tout faire de ses mains. Il bricolait chez les autres ou dans notre maison où il a tout fait seul. Il faudrait que vous voyiez sa cave à vin. Depuis l'arrestation, j'ai dû vendre la maison pour payer les traites et les dettes. C'est terrible de réaliser aujourd'hui que sa vie n'a été qu'un immense gâchis. Je suis désolée, et je m'en veux tellement de n'avoir rien vu. Je l'aurais fait soigner et tout ce malheur aurait pu être évité. C'est en cela que je me sens coupable aujourd'hui encore. Par bonheur, il me reste mes deux enfants.

– Coupable ? Moi, je vois en vous surtout une victime.

– Mon malheur, je le porte au quotidien et je le porterai jusqu'à mon dernier jour. Dieu merci, je suis croyante. Je prie pour lui, j'implore le Seigneur qu'il demande pardon aux malheureux parents. Je prie pour l'âme de la petite, pour aider ses parents à supporter leur douleur. Je prie pour mes enfants, pour que le malheur les épargne. Et puis je prie pour moi aussi. C'est la foi qui m'a aidée à supporter tout cela. Sinon, je crois que j'aurais craqué.

– Vous avez pourtant divorcé. Pourquoi ?

– C'est lui qui me l'a demandé. Pour les enfants, disait-il. Il m'a écrit qu'il ne fallait plus rien attendre de lui.

– Avez-vous le sentiment qu'il a changé en prison ?

– Je l'espère de tout mon cœur et je prie pour cela. Dans une de ses dernières lettres, il m'écrivait : " La bête m'a rongé, et elle est sortie par la bouche ; je l'ai sentie ! Maintenant je suis calme. " J'espère qu'il m'a écrit la vérité.

– Qu'attendez-vous de ce procès ?

– Je dois entendre tout le mal qu'il a commis, même si ça me fait souffrir. Mais je voudrais tant qu'il demande pardon. Qu'il le fasse pour lui, pour moi, et par-dessus tout pour ses enfants. »

Comment, après avoir lu tout ça, le juge et les avocats qui vont m'interroger tout à l'heure et les gens qui vont m'entendre pourraient être méchants avec moi ? C'est pourquoi je pars sereine au tribunal, sans même prendre mes médicaments. Je me sens confiante comme si je n'avais rien à craindre de cette journée, que cette imbécile de journaliste qualifie en conclusion de cruciale pour « celle qui a partagé le quotidien d'un monstre pendant seize années ».

Le juge a voulu m'entendre dès le deuxième jour du procès, avant même les témoins directs du drame. Comme s'il se figurait que j'étais un personnage central de cette monstrueuse affaire, alors que je n'en suis qu'une modeste victime supplémentaire. Mais, que voulez-vous, avec la justice, il faut s'attendre à tout. Je passerai donc avant les témoins directs. Ce qui a beaucoup étonné mon avocat et qui, vous l'avouerez, me donne une importance que je ne mérite pas. Je suis simplement coupable de ne m'être aperçue de rien et cette responsabilité me pèse suffisamment comme cela...

En arrivant au tribunal, ils m'ont aussitôt conduite dans la pièce réservée aux témoins, et je m'aperçois vite dans les regards qui me dévisagent que l'interview de la journaliste à lunettes grotesques a déjà produit son petit effet. Comme s'ils partageaient le drame de ma vie. Je ne suis plus tout à fait la femme anonyme du monstre. Non, il y a dans ces regards de la curiosité enfin mêlée à de la compassion.

J'attends, silencieuse, comme soumise à l'immensité du malheur qui m'a touchée, assise sur une chaise paillée inconfortable, mon manteau bleu marine posé sur les genoux. Je porte une jupe mi-longue blanc crème, un chemisier imprimé sous un gilet noir, des escarpins. J'ai acheté l'ensemble pour l'occasion, 92,50 euros, la semaine passée chez ProMod, mon magasin préféré. Je l'apprécie car il propose des produits de bonne facture pour un prix raisonnable. Vous savez que ma situation financière ne me permet pas des folies mais je tenais à être présentable, élégante sans ostentation, pour cette journée importante. J'ai toujours considéré qu'on doit aussi juger les gens sur leur présentation. J'en veux pour preuve l'aspect TRÈS bas de gamme de certaines ex-collègues de Simon. Rappelez-vous, par exemple, cette traînée de Sophie, la rouquine toujours en quête de mâles pour compenser on ne sait quelle insatisfaction. Mais j'ai le souvenir de pas mal d'autres salopes. Pour ça, mon Simon avait le don d'attirer les putes en manque de partenaires et en quête d'aventures sans lendemain. Vulgaires à l'extérieur, vulgaires à l'intérieur. Et quand j'écris « vulgaires à l'intérieur », vous voyez ce que je veux dire...

Et si Simon n'était en réalité qu'un faible dont toutes ces femmes profitaient ?

Le brigadier-chef Ferchut a la courtoisie de me saluer. Il y a longtemps que je ne l'ai pas vu mais, décidément, il reste l'homme élégant que j'ai connu et apprécié. Il m'explique qu'il fait partie des témoins au titre de ceux qui ont participé aux recherches en compagnie de Simon. Il est vrai que mon mari avait été très actif ces jours-là, dirigeant d'autorité un groupe de voisins pour fouiller dans les bois et autour des étangs. J'ai oublié de signaler que l'environnement du Clos des hêtres, construit en périphérie de la ville, était très agréable. Le vendeur ne nous avait pas menti en présentant le Clos comme une oasis de verdure aux portes de la ville.

Simon s'était investi tout le dimanche dans ces recherches infructueuses qui désespéraient le quartier. Je me souviens qu'il en était revenu tellement dépité, avec quelques camarades, qu'il avait grondé contre la « nullité des flics », incapables de retrouver la gamine.

« Je ne peux pas croire, m'avait-il dit, qu'elle a été violée par un sadique. Sinon, nos gosses sont en danger et il faudra se tirer de ce coin. »

À l'inverse de nos voisins qui s'accrochaient à l'hypothèse de la fugue d'une adolescente mal dans sa peau, Simon ne croyait pas que la petite était encore vivante et il avait un peu choqué son équipe en affirmant : « C'est peut-être un cadavre qu'on recherche, les gars. Faut s'attendre au pire. Désolé, mais il faut voir les choses en face. Ceux qui n'ont pas les couilles feraient mieux d'abandonner. »

Quand j'y repense, comme ce matin, ses paroles me donnent la nausée, d'autant qu'elles avaient été reprises ainsi dans la presse locale, qui avait raconté le désespoir de tout un quartier mobilisé autour des parents pour retrouver la jeune fille. « La plupart des voisins de ce lotissement paisible, avait écrit le journal, s'accrochent à l'hypothèse de la fugue, même si aucun élément objectif ne corrobore cette piste. Certains, comme cet homme très actif dans les recherches, osent dire tout haut qu'il faut se préparer au pire. »

La fille avait disparu en fin d'après-midi, le jour de la première communion d'Audrey, ma fille, en se rendant chez une amie qui habitait à deux rues de chez nous.

L'enquête avait démontré que Simon était tombé sur elle par hasard et qu'il lui avait proposé de la déposer chez son amie. Elle avait dû être rassurée par la pièce montée posée à l'arrière de la voiture. La suite on ne la connaît que trop : il l'avait conduite à plus de vingt kilomètres de là, dans un bois où il avait commis ces horreurs.

Il avait simplement expliqué aux enquêteurs que la petite ne s'était inquiétée de rien jusqu'au moment où il s'était arrêté en prétextant une crevaison. Ce que les enfants sont naïfs !

La suite est trop abominable pour que j'ose l'aborder à ce stade du récit. Je laisse ce soin au tribunal et à son talentueux président.

Simon était revenu en fin d'après-midi en gueulant contre le pâtissier parce que le gâteau n'était pas prêt et qu'en plus il avait crevé.

« Un après-midi à la con », s'était-il contenté de dire avant de monter se changer.

La plupart des invités étaient déjà partis, et nous avions dû manger de la pièce montée pendant toute la semaine. Quel gâchis !

Soudain une voix retentit dans la salle d'attente : « Madame Delecourt, s'il vous plaît ! »

Je ne réagis pas sur-le-champ, comme si ce nom m'était étranger.

« Madame Delecourt », répète un homme en costume sombre de médiocre qualité (cela, je le repère aussitôt...).

Je réalise que c'est mon tour lorsque le brigadier-chef Ferchut me prend gentiment par le bras et me murmure à l'oreille :

« Bon courage, madame. Il va vous en falloir. »

Tous les gens ont le regard fixé sur moi et cette soudaine attention m'angoisse alors que j'étais si calme jusque-là.

À ma montre Swatch, le dernier cadeau de Noël de Simon, il est 9 h 54. Je suis l'huissier, tête baissée, en me répétant : « Sois digne, sois digne. Tu n'y es pour rien. Une victime, seulement une victime. »

Le silence qui s'empare de la salle d'audience est oppressant, tandis que j'avance à pas lents et maladroits vers la barre où je vais témoigner. Par chance, je ne croise aucun regard hostile, mais plutôt beaucoup *de curiosité. Je la comprends et même je la partage. Moi aussi, j'aurais les mêmes interrogations sur cette femme à l'aspect si discret et aimable, bien mise avec cette élégante jupe mi-longue et ce chemisier imprimé. Son attitude tout en retenue me ferait mesurer l'ampleur de sa tragédie personnelle, de sa vie qui a basculé du jour au lendemain sans prévenir. J'aurais tant de questions à lui poser. D'abord, comment a-t-elle pu partager aussi longtemps la vie d'un tel monstre sans s'apercevoir de quoi que ce soit ? Elle ne paraît pourtant ni sotte ni naïve, cette femme ordinaire, normale, comme vous et moi.*

Il y a tant de questions dans ce silence épais. Était-il un bon père, un bon mari ? Et surtout, l'aimait-elle ? Faisaient-ils l'amour ? Comment ? L'aime-t-elle toujours ? Lui a-t-elle pardonné ?

Je dis ce que je veux qu'ils entendent.

Je parle d'une voix douce, je laisse souvent échapper quelques larmes – juste ce qu'il faut pour émouvoir sans agacer – et je regarde parfois Simon avec compassion. Je m'entends dire au président :

« Je ne me suis jamais rendu compte de rien. C'était un père très gentil. Je parlerai d'un homme travailleur qui nous a donné, à moi et à mes deux enfants, plus que ce qu'il nous devait. Je n'ai rien à dire de mal contre M. Darget. Je ne sais toujours pas pourquoi il a fait ça. Je l'ai souvent entendu dire que les violeurs sont des salauds et qu'ils ne sont pas des hommes. Dans

les jours qui ont suivi la disparition de la petite, il répétait que si quelqu'un lui avait fait du mal, il fallait le zigouiller. Vous vous rendez compte ? Il disait ça, et moi j'approuvais... »

Le juge et les avocats veulent que je parle de notre vie sexuelle. Je réponds simplement que si elle avait été épanouie au début de notre mariage, il ne me touchait plus depuis des mois. Ils comprennent que j'ai trop honte pour en dire davantage et, par bonheur, ils ont la délicatesse de ne pas poursuivre dans cette voie qui aurait pu être gênante vu ce qu'il m'avait fait subir. Certes, je m'étais préparée aux pires questions, mais j'avoue que je suis soulagée d'y échapper.

« Monsieur le juge, je me satisfaisais qu'il soit un bon père. De mon côté, je me contentais d'être une bonne épouse et une bonne mère. Vous ne me croirez peut-être pas, mais cela me suffisait. Je vivais humblement au côté d'un homme qui me paraissait flamboyant et que tout le monde appréciait. Je peux l'affirmer ici, j'étais fière de lui. » J'attends quelques secondes avant de poursuivre : « Aujourd'hui, j'ai tellement honte de lui. »

Alors, sentant qu'il est temps d'en finir, je me tourne, résolue, en direction de Simon.

« Simon, tu as brisé tant de vies, dont la mienne, que je n'arrive pas à te pardonner. Je ne sais pas si j'y parviendrai un jour. Je le voudrais tant, mais aujourd'hui je ne peux toujours pas. Je ne sais pas si

un jour j'arriverai à oublier que j'ai donné ma vie à un monstre. Pas seulement seize années, mais toute ma vie, car je ne pourrai jamais échapper au souvenir de cette horreur. Que je le veuille ou non, je resterai à jamais liée à l'atrocité de ton crime. Aussi, devant tous et face à toi, j'affirme à cet instant que tu dois être puni, puni avec sévérité, et que tu dois accepter cette peine. Je le dis sans haine, soyez-en tous certains, mais il faut maintenant que tu expies. Crois-moi, Simon, c'est à ce seul prix que, si Dieu veut bien m'en donner la force, mes enfants et moi pourrons te pardonner. Et ainsi effaceras-tu un peu du malheur que tu as infligé à la famille de la jeune fille que tu as massacrée. Tu es un monstre, Simon, et pour mon malheur c'est toi que j'ai épousé. Sache seulement que je prie tous les jours pour toi... »

Ah ! ces derniers mots ! Je les ai si bien travaillés ces dernières semaines, tant répétés, que je les prononce sans rien oublier. C'est ainsi que je mets fin à deux heures et demie environ d'interrogatoire (cette fois, bêtement, j'ai oublié de mettre en route la trotteuse de ma montre pour avoir un minutage précis) parfois tendu, souvent émouvant à évoquer nos seize années de vie commune. J'ai beaucoup pleuré mais, pour ces mots finals, je n'ai plus de larmes, ni même l'envie d'en verser.

Je termine avec le sentiment presque jouissif d'avoir conquis la salle. J'ai déjà hâte d'être à ce soir pour voir le compte rendu du procès dans le journal de P.P.D.A. Je ne doute pas que mon témoignage si puissant y sera relaté comme l'événement de la journée, à l'inverse de ce pauvre Simon qui a été pitoyable une fois de plus. J'en viendrais presque à me demander comment j'ai pu être mariée à un pareil minable. Les journalistes auront sans doute noté qu'il a à peine osé relever la tête et qu'il a répondu aux rares questions par de pathétiques monosyllabes.

« Merci, madame, a simplement ajouté le président. Nous en avons terminé avec vous et, si vous le souhaitez, vous pouvez assister à la suite des débats. Le troisième rang est à la disposition des témoins. Merci encore pour la franchise de votre témoignage. Chacun aura compris que ce moment n'était pas facile pour vous. Vous l'avez affronté avec beaucoup de dignité et de courage. Le tribunal vous en est reconnaissant. »

Les huissiers, des hommes d'une grande amabilité, me font sortir par une porte arrière du tribunal afin que je ne croise pas de journalistes ou de photographes. Je peux ainsi gagner sans être embêtée le petit restaurant où j'ai déjà mes habitudes. Le plat du jour, de la raie au beurre blanc, m'inspire mieux que le pâté de tête en entrée. Je termine avec une crème au chocolat et un café noisette. Je traîne un peu avant de regagner tranquillement le tribunal. Un petit soleil agréable me réchauffe le visage.

9.

Comme pour Jérémie, j'avais accouché de mon deuxième enfant en souffrant beaucoup. J'avais refusé la péridurale que m'avaient proposée les médecins avec insistance puis incompréhension. Non pas que je tienne à souffrir, et ce n'était pas non plus par conviction religieuse, comme ils semblaient me le reprocher, mais tout simplement parce que je voulais sentir ma fille sortir de moi.

J'en ai parlé plus tard au psychiatre, celui qui a tenté de suivre les enfants pour les aider à surmonter le malheur d'avoir pour père un monstre, avec le « succès » que l'on connaît. Il m'a expliqué que c'était ma manière de m'approprier les deux enfants et d'en exclure inconsciemment Simon. C'était une nouvelle démonstration de son incompétence, pour ne pas dire de son imbécillité, et je ne sais pas si c'est pour ne plus avoir à supporter de pareilles idioties que j'ai préféré laisser tomber les séances avec les enfants. Que de temps (et d'argent) perdu dans son cabinet ! Sachez, monsieur le donneur de leçons, que mes enfants se portent à merveille !

De toute façon, le travail avait été très rapide, à peine deux heures, et la douleur tout à fait supportable quand j'y repense.

La petite s'était présentée avec quatorze jours d'avance, et malheureusement Simon n'avait pas pu être présent. Il était en déplacement professionnel dans le Vaucluse. Il était malgré tout arrivé au petit matin à l'hôpital (chambre 42, au deuxième étage), m'affirmant qu'il avait roulé toute la nuit.

C'était du moins ce que j'avais cru à l'époque. Car, au hasard de l'instruction, j'ai découvert qu'il avait passé la soirée dans ce qu'on appelle « les quartiers chauds de Marseille ». Il était même mentionné le nom de la prostituée, une bougnoule... Je conserve en mémoire l'odeur de parfum bon marché que j'avais sentie lorsqu'il s'était penché sur moi pour prendre la petite qui dormait sur mon ventre. Le moment aurait été mal choisi de lui poser des questions sur ce parfum et j'avais préféré me réjouir de le voir si heureux, alors qu'il s'était si peu intéressé à ma grossesse jusque-là, me reprochant sans cesse de la lui avoir cachée pendant cinq mois.

« Une fille ! Ma petite fille ! » répétait-il sans cesse, en l'embrassant sur tout le corps jusqu'à son sexe minuscule.

Notre vie avait repris son cours habituel, celui des absences prolongées de Simon et de mon dévouement total à mes enfants. J'avais aussi à tenir un appartement de 82 mètres carrés dans une résidence de bon standing. Un beau quatre pièces au premier étage, avec balcon et parking privatif. Ce qui, entre parenthèses, nous a valu quelques échanges pas très aimables avec des voisins mal élevés qui se garaient à notre place, au numéro 15.

Il faut dire que, de nos jours, les gens ne respectent plus rien. Simon avait été à deux doigts de se battre avec le voisin du troisième, un certain Lamotte, qui l'accusait d'avoir rayé sa portière avec sa clé. Il avait fallu l'intervention du gardien pour qu'ils n'en viennent pas aux mains. C'est qu'il ne fallait pas échauffer mon Simon, souvenez-vous de l'épisode malheureux de Périgueux. Je n'aurais pas aimé qu'il repasse au tribunal après tout ce que cette affaire stupide nous avait coûté...

Les choses en étaient restées là, mais au moins Lamotte ne s'était plus jamais mis à notre place, ni aucun autre voisin. « Dans la vie, il faut savoir se faire respecter », disait toujours Simon. À juste raison.

Cet incident avait établi notre réputation de mauvais coucheurs dans la résidence, mais, au moins, personne ne s'était plus garé sur notre emplacement pour lequel nous payions un loyer de

200 francs, en plus des 4 250 francs mensuels pour l'appartement, charges non comprises.

C'est quand même malheureux d'être obligé d'en arriver là pour faire respecter ses droits. Mais, je le reconnais, j'approuvais le mécontentement de Simon et c'était le plus souvent moi qui lui signalais quand un mal élevé prenait notre place numéro 15. Cela le mettait aussitôt en rage et je le regardais, satisfaite, cachée derrière les voilages de style provençal, rayer les portières avec un tournevis sans être vu ! Il revenait en ricanant : « Tu vas voir la gueule de ce connard quand il va s'apercevoir de l'état de sa caisse. » Alors, côte à côte, nous guettions l'arrivée du propriétaire de la voiture, cachés derrière la baie vitrée du salon et rien ne mettait plus en joie Simon.

« Il en aura au moins pour mille balles chez le carrossier ! »

C'étaient de simples moments de complicité et, il ne faut pas m'en vouloir, cela me rendait béatement heureuse. Surtout quand c'était moi qui avais signalé à Simon le malotru. Sa satisfaction hilare était ma récompense.

Quant à moi, entre le ménage, le repassage et deux enfants à élever, je n'avais pas le temps de m'ennuyer, croyez-moi ! Mais j'aimais ça : s'occuper de sa maison (un appartement en l'occurrence) est très reposant. Et puis j'avais du goût pour la décoration (beaucoup plus qu'aujourd'hui, mais on peut le comprendre...), surtout dans cette région avec ses magnifiques tissus provençaux. J'étais parmi les très bonnes clientes de Soleiado, et la directrice du magasin était presque devenue une amie. Je m'étais offert pour Noël une machine Singer dont je ne me suis toujours pas séparée à ce jour, même si je prends moins de plaisir à coudre. Elle me rappelle trop notre vie d'avant, quand tout semblait aller bien malgré les aléas, que je pensais passagers, de notre couple. Mais qui n'en a pas, c'était ce que je me disais à l'époque, sans pouvoir un seul instant imaginer la vraie nature de Simon.

Une vie finalement ordinaire, calme, avec parfois aussi de bons moments, même si Simon était devenu de plus en plus irritable sans que je sache pourquoi. Au moindre désagrément, souvent pour ce que je considérais être des broutilles, il entrait en furie contre nous. Par exemple, il suffisait que Jérémie entre dans la pièce en criant pour qu'il se mette en colère. Il était alors impossible de le calmer et nous courbions tous l'échine, même la petite qui comprenait déjà tout, en attendant qu'il sorte en claquant violemment la porte d'entrée. Ces départs me laissaient à chaque fois la même impression : j'étais aussi désespérée que je me sentais soulagée.

Il fallait ensuite que je console mes deux petits qui pleuraient de peur, peut-être. Je tentais alors de les rassurer : « Papa va revenir. C'est un gentil papa. Il vous aime par-dessus tout, plus encore que maman. »

Mais je parlais en vain car je n'arrivais pas à calmer leurs larmes. Ils étaient simplement effrayés et je ne pouvais rien faire contre cela. Je n'avais qu'une crainte, que Simon les découvre en pleurs en rentrant trop tôt. Il ne supportait pas cela et je savais qu'il était capable de repartir aussitôt en rage. Ces jours-là, sans donner d'explications – et il n'était pas question pour moi de lui en demander –, il ne rentrait que tard dans la nuit, sentant l'alcool et portant, comme imprégnée dans ses vêtements, cette mauvaise odeur de parfum bas de gamme. Cette odeur m'arrachait quelques larmes que je dissimulais au mieux tandis qu'il attirait ma tête sur son sexe.

Les enfants avaient à subir ses colères mais ils partageaient aussi d'intenses moments de tendresse. Souvent, le dimanche, le seul jour où il passait de longs moments à l'appartement après s'être réveillé tard, nous obligeant à ne pas faire le moindre bruit – ce qui est très difficile avec deux jeunes enfants –, il les sortait pour emmener Jérémie au manège. Mon fils adorait ça. Mais Simon pouvait aussi rester des heures entières à jouer avec Audrey, toute jolie avec ses grosses joues de bébé.

Je préparais un bon repas familial (Simon aimait bien mon sauté de veau et j'en avais toujours un de prêt au congélateur, qu'il me suffisait de réchauffer au four à micro-ondes) avec le sentiment que la vie pouvait être belle. Ces jours-là, je me mettais à ma machine Singer jusqu'au moment où Simon me demandait d'arrêter parce que le bruit finissait par l'agacer. Mais j'avais eu le temps de bien m'avancer dans la confection d'une jolie garniture froncée en tissu provençal, pour la chambre des enfants.

10.

À cette époque, je ne lisais pas, ou que très rarement, les journaux. À quoi bon dépenser cinq francs par jour (presque un euro d'aujourd'hui, et multipliez la somme par 365 jours...) pour lire toujours les mêmes bêtises qui se révélaient fausses une fois sur deux... Et Simon me l'aurait probablement reproché, à juste raison. J'écoutais rarement la radio, à l'exception des *Grosses Têtes* sur Radio Luxembourg, même si je n'appréciais pas trop certains présentateurs que je trouve très vulgaires avec leurs blagues en dessous de la ceinture. Comme si on ne pouvait pas être amusant sans être grivois. Heureusement qu'il y a toujours M. Bouvard, si fin et intelligent.

Je regardais rarement les informations à la télévision, pourtant celle-ci restait allumée à l'heure du journal, son bruit de fond me tenait compagnie. Cela peut vous paraître idiot ou futile mais j'aimais bien voir comment Claire Chazal était habillée pour présenter le journal. Cette femme reste une référence en matière vestimentaire. Elle porte de très beaux bijoux de grande marque mais d'une exceptionnelle distinction. J'ai toujours admiré la classe naturelle mêlée de simplicité de cette femme dont on sait que la vie n'a pas toujours été facile.

Un panneau publicitaire avait cependant attiré mon attention devant le kiosque à journaux de la place du marché, près du palais de justice, que je traversais l'après-midi du 27 avril 1999 pour aller à la pharmacie Riquier acheter des pilules contraceptives. Je continuais à prendre mes précautions, bien que Simon ne s'intéresse plus à moi comme à une femme depuis bien avant la naissance d'Audrey. Nous n'en avions pas parlé mais, moi, à l'époque, je ne voulais surtout pas d'un troisième enfant, l'éducation des deux premiers était déjà très prenante avec les absences professionnelles longues et fréquentes de mon époux. J'étais d'une nature très féconde et, avec un mari comme le mien, deux précautions valent mieux qu'une ! N'est-ce pas, mesdames ?

Le panneau publicitaire informait qu'un violeur en série sévissait depuis plusieurs mois dans les Bouches-du-Rhône. « Tous les détails en exclusivité. »

J'ai appris plus tard le sens exact de cette phrase quand mon avocat a négocié « en exclusivité » mes interviews et des séances photos avec des journaux fortunés, prêts à offrir de grosses sommes pour mon histoire. Le prix n'est pas le même que pour une interview que je qualifierais de « normale ». Vous comprendrez que, dans ce cas, je préfère les « exclusivités » ! Certains me l'ont reproché. Certes, il n'est jamais agréable d'exposer à tous sa vie personnelle mais je ne regrette pas d'avoir touché cet argent pour améliorer ma vie et, bien sûr, assurer celle de mes enfants. Pour information, il m'est resté la coquette somme de 125 400 euros après avoir payé au noir une commission de 10 % à mon avocat.

Je m'étais donc assise sur un banc de la place pour lire le journal. Audrey dormait dans sa poussette et Jérémie jouait au ballon sans s'éloigner. Il fallait que je le réprimande sans cesse pour qu'il reste à mes côtés. J'avais fini par lui supprimer son ballon car je n'étais pas tranquille avec ces voitures qui passaient tout près. Il avait pleurniché parce que je l'avais tenu fermement par le bras. Je me souviens qu'il avait gardé pendant plusieurs jours une trace violette sur le bras. Il était si agité !

Mais il fallait que je lise tout de suite ce récit « exclusif », l'angoisse au ventre. Allez savoir pourquoi tant d'émotion m'avait étreinte d'un coup. Au point que je n'avais pas remarqué les hurlements de Jérémie.

« Un serial-violeur met en échec la police d'Aix-en-Provence depuis plusieurs mois. Un homme, le visage dissimulé par une cagoule, s'introduit chez les victimes, toujours des jeunes femmes, en passant par le balcon. Il escalade, parfois, jusqu'au quatrième étage en se servant des gouttières et des terrasses pour pénétrer dans les chambres. Il les surprend dans leur sommeil, les menace avec un grand couteau, les attache avec des cordelettes avant de les violer. Il choisit de préférence des étudiantes qui logent dans les résidences universitaires. Avant d'abuser d'elles, il prend bien soin d'ouvrir une fenêtre ou une porte pour assurer sa sortie. Parmi ses victimes, Sophie, dix-sept ans, ose rompre le silence. Elle parle d'un traumatisme profond. “ Lorsqu'on a vécu cela, dit-elle, on marche dans la rue en se disant que tous ceux que l'on croise, tous ces hommes normaux, peuvent être des agresseurs et on finit par ne plus vouloir sortir. J'ai plongé dans une dépression profonde et j'ai l'impression que je n'en guérirai que le jour où je pourrai lui hurler ma haine en pleine face. ”

« On soupçonne aussi le même homme de s'être attaqué à un couple d'amoureux qui se promenaient dans le parc Picasso à la nuit tombée. Il a violé la jeune femme sous les yeux de son compagnon, après l'avoir ligoté avec une corde et menacé de mort. Une dernière plainte pour viol déposée le 14 février dernier a poussé les policiers à lever le silence qu'ils gardaient depuis plusieurs mois. Un homme en survêtement s'est introduit dans un appartement de l'avenue Vincent-Auriol à 2 heures du matin. Il a attaché la mère et il a abusé de sa fille de seize ans sous ses yeux. Les policiers espèrent, en révélant ces derniers faits extrêmement graves qui touchent notre ville, provoquer des témoignages nouveaux qui permettraient de relancer l'enquête car, comme l'explique le commissaire Garcia, “ les enquêteurs disposent pour l'instant de très peu d'éléments convaincants. Une chose est cependant certaine : il s'agirait bien du même homme car son mode opératoire et sa description physique sont identiques. Il est grand, sportif, âgé d'une quarantaine d'années ”. Plusieurs délinquants sexuels connus dans la région ont été placés en garde à vue ces derniers mois sans résultats, leur A.D.N. ne correspondant pas à celui du “ violeur des quartiers sud ”, comme on l'appelle désormais. À ce jour, six viols portant la même signature ont été recensés dans le département. Le commissaire tient cependant à assurer que tout est mis en œuvre pour arrêter l'homme qui terrorise la ville et il en appelle à la vigilance de tous. »

Cet aveu d'impuissance faisait dire au journaliste en conclusion : « La peur s'est installée peut-être pour longtemps dans la ville car un individu particulièrement dangereux se cache en son sein. Il est tout le monde et personne, un voisin anonyme, un ami proche, un homme insoupçonnable pourtant prêt à se manifester cruellement à nouveau. Quand ? Lui seul le sait... »

Le soir, j'avais montré le journal à Simon, qui était exceptionnellement resté après le dîner. J'étais un peu désemparée car j'avais pris l'habitude qu'il sorte dès qu'il avait fini de manger. Mais ce soir-là, tandis qu'il jouait avec ma fille, il avait dit : « Je sais, j'ai vu ça. »

Comme souvent dans ces moments-là, il était resté silencieux quelques minutes, donnant l'impression qu'il mûrissait sa réponse, et soudain il avait explosé.

« Ce mec-là, c'est pas un homme. Il faudrait le livrer à ces filles pour qu'elles lui coupent les couilles en rondelles ! Si ça se trouve, c'est le voisin d'en dessous. Parce que le mec, je te le dis, il habite à Aix. Et il rôde, cette saloperie.

– J'ai peur, Simon. Et s'il venait ici pendant que tu es en tournée ?

– T'inquiète pas, tu ne risques rien : il ne choisit que des jeunes et des jolies filles ! »

Nous en étions restés sur son éclat de rire. À mon grand étonnement il m'avait embrassée sur les cheveux.

« Quand papa est là, maman ne risque rien, hein les enfants ? »

J'en aurais pleuré de bonheur. Il y avait si longtemps que Simon ne s'était pas montré aussi affectueux. Il y avait tant de gravité dans son regard, ensuite, quand nous avions dormi comme un vrai couple.

J'avais bien eu raison de prendre mes précautions. Simon était tellement imprévisible et, je le répète, je ne voulais vraiment pas d'un troisième gosse.

Pendant plusieurs semaines une atmosphère de paix s'était à nouveau emparée de la maison. Simon ne piquait plus de colères et ne rentrait pas avec cette horrible odeur collée au corps. Il ne sortait presque plus jamais après le dîner, se contentant de jouer avec les enfants et de regarder avec moi la télévision. Jérémie ne faisait plus pipi au lit et Audrey commençait à savoir lire. Le dimanche, il avait pris l'habitude de nous emmener déjeuner au McDonald's, les enfants adoraient ça, moi, beaucoup moins. Ensuite, nous traînions en famille dans les allées de l'Usine Center de Marseille où, l'année passée, nous avions acheté un salon de cuir mauve dont Simon avait fait baisser le prix de moitié et dont la couleur se mariait si bien avec ma décoration provençale. Nous pouvions recevoir les collègues de travail de Simon, admiratifs devant notre intérieur si coquet. Simon était redevenu un hôte amusant et convivial tandis que je m'affairais à la cuisine. Il savait se faire apprécier et nous étions invités chez l'un ou chez l'autre au minimum une fois par semaine. C'est fou ce que les gens organisent comme barbecues dans cette région dès qu'il fait beau ! De ma vie, je n'ai jamais mangé autant de saucisses, de côtes de porc grillées et de salades de tomates...

Au mois d'août, nous avions loué le petit appartement d'un collègue de Simon, pendant trois semaines, au Canet-en-Roussillon. C'étaient nos premières vacances en famille. Les autres années, je les avais passées avec les enfants chez mes parents dans le Cher, où Simon nous rejoignait pour seulement quelques jours.

Les enfants aimaient tellement se baigner avec leur père que j'étais tout à mon bonheur. Que ne donnerais-je pour revivre ces doux moments-là !

Vous me croirez si vous voulez, mais je m'étais habituée à ce rythme de vie, à ces périodes d'intense communion familiale précédées d'absences prolongées de Simon. Je me contentais de ce père si attentif puis, soudain, tellement imprévisible, brutal, violent, si loin de nous.

À l'époque, je n'essayais pas de comprendre ses sautes d'humeur que j'attribuais benoîtement à des tensions professionnelles.

Mais, aujourd'hui, j'en connais seule la raison.

Il semblait que le violeur ne se soit plus manifesté. En tout cas, le journal avait fini par ne plus en parler. À force de répéter la même chose, les journalistes s'étaient lassés en attendant une nouvelle manifestation du violeur qui ne venait pas.

Le procès

De tempérament, je me suis toujours méfiée du côté voyeur des gens, de cette curiosité malsaine propre à beaucoup d'entre nous, mais aujourd'hui je les comprends. Je partage même leur voyeurisme morbide. Voici pourquoi.

D'abord, je ne la reconnais pas. La flamboyante blonde, toujours sûre d'elle, sans cesse prête à se mêler de ce qui ne la regardait pas, apparaît comme une vieille dame blessée quand, la tête baissée et le regard vide, elle marche vers la barre dans un silence total. On ne peut pas avoir enfanté un tel monstre sans avoir à s'expliquer. Ce silence glacé, presque hostile, veut dire que le tribunal et le public ont hâte qu'elle commence.

Mais qu'elle marche lentement... Comme si elle avait peur d'affronter la vérité sur son fils et qu'elle en retarde l'instant. Pourtant, il vous faudra bien parler, Ginette !

Elle était soignée, autrefois. Elle se vantait d'aller chez le coiffeur deux fois par semaine et avait les ongles parfaitement manucurés. Ah ! il est loin le temps où elle avait été la première à me faire découvrir la french manucure...

Elle portait de beaux tailleurs. Je vois bien qu'elle se laisse aller désormais, elle a les cheveux filasse et, sur le dos, la veste verte que nous avions achetée chez Manoukian, rue de Hambourg, à Marseille, il y a au moins sept ans. Cependant, et c'est ce qui me frappe le plus en cet instant, quoique défaite et déchue, elle conserve un je-ne-sais-quoi d'assurance froide.

Je me suis toujours demandé si elle avait vraiment voulu de moi comme belle-fille. Si elle avait espéré mieux pour son fils unique. Je ne peux pas dire qu'elle a été dure avec moi, distante ou méprisante. Elle venait régulièrement nous rendre visite et donnait l'impression d'aimer ses petits-enfants, de s'intéresser à notre vie. Au cours de ses brefs séjours – par bonheur, jamais plus d'une semaine –, Simon faisait preuve d'une présence rare et ne sortait plus le soir.

« Sa maman est sacrée », disait-elle en l'embrassant sur les deux joues, ce qui irritait Simon qui n'appréciait pas beaucoup, notamment avec moi, les démonstrations d'affection. Sauf avec ses enfants.

En ce qui me concerne, je n'ai pas le souvenir qu'il m'ait embrassée en public sur la bouche depuis le jour de notre mariage...

J'ai toujours ressenti une espèce de gêne entre Ginette et moi, sans que je puisse me l'expliquer. Cependant, je faisais tous les efforts du monde pour rendre ses séjours supportables, sinon agréables. Je l'accompagnais chez le coiffeur, nous faisions les magasins, nous poussions parfois jusqu'à Marseille et nous regardions les mêmes programmes à la télévision. Elle vantait mes qualités de cuisinière et soulignait que son « pauvre » Martin, le père de Simon, ne pouvait pas en dire autant. « La cuisine et moi, ça fait deux », s'amusait-elle. D'ailleurs, elle se plaignait souvent de son mari : « Un coureur. Mais je le lui rends bien », ajoutait-elle sans la moindre ambiguïté.

Elle avait des aventures et m'en parlait abondamment, sans gêne, en me recommandant, malgré tout, de ne pas en souffler mot à Simon. Ce dont je ne me suis pas privée par la suite, vous vous en doutez bien. Je considère, en effet, qu'un fils ne doit rien ignorer des agissements de sa mère, surtout quand ceux-ci sont hautement répréhensibles.

« Ce sont des choses dont on peut parler entre femmes. Mais un fils ne peut pas comprendre », m'avait-elle confié avec un sourire complice aux lèvres. Elle savait bien, pourtant, que j'étais d'une fidélité totale à mon Simon.

« Vous êtes une sainte, ma petite, s'était-elle amusée de moi. Mais goûtez-y une seule fois et vous verrez ! »

À l'en croire, elle avait trouvé avec Martin une sorte d'accord tacite concernant leur liberté de couple. Chacun faisait ses petites affaires de son côté et tout allait pour le mieux.

« Nous n'avons jamais envisagé de divorcer, m'avait-elle confié un jour. Simon ne l'aurait pas compris. Et puis nous nous entendons bien, Martin et moi. Nous avons trouvé notre équilibre. »

Ainsi allaient nos relations, elle me racontait tout et je ne disais rien sur nous. Elle aurait pourtant bien voulu savoir comment nous vivions, car elle soupçonnait Simon de turpitudes puisque « tous les hommes sont comme cela. Ils ne pensent qu'avec leur sexe. Ils ont une bite à la place du cerveau ! » Elle avait ajouté, un brin blessante, mais s'en rendait-elle compte :

« Que vous êtes naïve, ma pauvre petite. Au moins, vous êtes heureuse comme cela. C'est le principal ! Que voulez-vous, je plais, moi. »

Je n'avais pas relevé, la laissant raconter dans les moindres détails sa dernière liaison avec un maçon espagnol, marié et « monté comme un taureau ».

« Notez que c'est logique, avec un Espagnol », avait-elle plaisanté.

Puis elle avait longuement discouru sur les avantages de coucher avec un homme marié : « Nous faisons nos petites affaires et ensuite chacun chez soi ! »

Voilà l'essentiel de ce qui me revient en mémoire tandis que le président, de sa voix toujours aussi majestueuse, lui demande de décliner son identité.

« Simon est fils unique, commence-t-elle. Nous n'avons pas pu lui donner un frère, ce que mon mari et moi avons beaucoup regretté. Mais, que voulez-vous, la vie est ainsi faite... » Elle s'interrompt quelques secondes, avec ce sens de l'effet qu'elle n'a décidément pas perdu, et reprend : « Je ne crois pas que cela l'ait perturbé, mais, comme tous les fils uniques, il était gâté. Sans doute trop. Adolescent, il avait du succès avec les filles. Il était déjà beau garçon, sérieux dans ses études et à la fois très sportif. Il était ceinture marron de judo. Nous étions fiers de notre fils, j'ose le dire ici. Je n'ai pas le souvenir d'un événement de son enfance ou de sa jeunesse pouvant laisser prévoir ce qui s'est passé. J'insiste sur le fait que c'était un garçon tout à fait normal et je ne m'explique pas comment il en est arrivé là. De son caractère, tout ce que je peux dire c'est qu'il a toujours été un garçon émotif et hypersensible. Quand quelque chose n'allait pas, il était toujours prêt à se culpabiliser. Adulte, il est resté sportif et il me semblait qu'il formait avec sa femme un couple très uni. Il adorait ses enfants, un garçon et une fille. Aujourd'hui, son père et moi vivons un incompréhensible cauchemar. »

Elle arrête de parler quelques secondes avant d'ajouter en guise de conclusion : « Voilà tout ce que je peux dire aujourd'hui devant vous, monsieur le juge. Nous l'avons élevé pour qu'il soit un homme bien, un bon père de famille avec un métier solide. Nous étions heureux et fiers de sa réussite. Nous l'avons élevé pour le meilleur, et voilà le résultat. Un gâchis total que nous n'arrivons pas à expliquer. Je suis mère et grand-mère et je suis donc bien placée pour comprendre la souffrance des parents dont l'enfant a subi de tels sévices. Et c'est mon fils qui en est le coupable. Je leur demande pardon mais, croyez-moi, c'est insupportable pour une mère. »

Comme je m'y attends, elle fond en larmes, l'hypocrite. Entre deux sanglots, tournée vers Simon, elle parvient à murmurer : « S'il est malade, ce que je crois, il faudra l'aider à se soigner. En dépit de tout, j'aime toujours mon fils. »

Tu crois avoir gagné, salope, avec ta déclaration pleine de bons sentiments. Le président ne semble pas vouloir te retenir davantage, alors tu crois t'en être tirée et que tu vas rentrer comme ça, tranquille, en mère éplorée, dans ton foutu Périgueux pour te farcir des maçons espagnols. Sans payer la note ? Non, tu ne peux pas t'en tirer aussi facilement. La victime, c'est moi, pas toi.

Maintenant c'est au tour de l'avocat de Simon de jouer. Je compte sur les informations que je lui ai fournies, il dispose, grâce à moi, de tous les éléments pour la mettre à genoux : il raconte le jour où Simon, à sept ans, a trouvé sa propre mère avec un homme sur elle et les coups de ceinturon qu'elle lui infligeait à la première bêtise. Il brosse le portrait d'un enfant souffre-douleur, proie d'une mère sadique qui lui donnait ses sous-vêtements pour qu'il se masturbe et qui le punissait quand elle le surprenait. Cette « mère indigne », ce sont les mots de l'avocat, « a forcé un jour Simon Darget, mon client, alors qu'il était âgé de douze ans, à la regarder faire l'amour avec un inconnu ».

Pourtant, pendant toutes ces années, ces seize années de vie commune, Simon n'a rien laissé percer de toutes ces horreurs. Au contraire, il a toujours été d'humeur égale avec sa mère, quand elle venait nous voir avec la régularité agaçante d'un métronome. L'attitude d'un fils attentif, présent, et content de montrer sa réussite professionnelle à « sa petite maman »...

« Nous avons là, dans ce traumatisme profond, des éléments qui, sans l'excuser, peuvent expliquer le geste criminel de Simon Darget », conclut l'avocat. Avant de se rasseoir, il prend longuement la main de Simon, une façon de lui dire qu'il faut en passer par là, par ces aveux douloureux.

La salle est ébranlée par ces révélations, mais Ginette ne perd pas pied et s'adresse au président d'une voix assurée.

« Tout cela est une pure invention. Un mensonge, monsieur le président. Je n'ai jamais fait de mal à

mon fils. » Puis elle se tourne vers Simon. « Dis-leur, Simon, que c'est faux. J'ai été une bonne mère pour toi. Dis-le, mon fils ! »

L'avocat intervient aussitôt, théâtral :

« Mon client est trop troublé pour pouvoir réagir maintenant. Mais demain, sans vouloir anticiper sur leurs conclusions, les experts psychiatres ne pourront que confirmer l'ampleur de ce traumatisme. »

Ginette n'est pas encore coulée. Elle résiste, la vieille peau.

« C'est impossible. J'aimais, j'ai toujours aimé mon fils. Je ne l'ai jamais touché. Je ne sais pas pourquoi on cherche aujourd'hui à me salir. Si j'avais commis ce dont monsieur m'accuse, je l'aurais dit. Je suis venue pour aider mon fils. Ces accusations sont indignes et elles ne vous honorent pas, monsieur ! Je me regarde dans la glace tous les matins et, si j'ai honte de mon fils, je suis fière de ma vie. Vous ne la détruirez pas avec vos mensonges !

– Les experts, madame, les experts ! »

C'est à cet instant qu'elle perd pied, enfin. Elle hurle à la face de l'avocat : « Les experts, je les emmerde. Ce sont des menteurs, eux aussi !

– Restez calme, madame, répond-il. Il faut bien un jour être confronté à sa vérité. Et la vôtre n'est pas belle à voir.

– Je vous interdis, salopard !

– Madame Darget, intervient enfin le président d'une voix qui ne supporte pas la contradiction, veuil-

lez vous calmer. Nous sommes là pour apprécier, comprendre le geste de votre fils et nous aurons tout le temps qu'il faut dans les débats pour éclairer ce point précis. Et vous, Darget, qu'avez-vous à dire à votre mère ?

– Simon, hurle Ginette, ne les laisse pas me salir. Tu as déjà fait assez de mal comme cela. »

Les mains sur le visage, il murmure quelques mots que personne n'entend.

« Adressez-vous au tribunal, Darget. Et relevez la tête, que diable ! »

Dans un silence total, sans retirer ses mains et la tête toujours baissée, nous l'entendons prononcer ces mots qui sonnent comme ma victoire :

« Tout cela est vrai. C'est sa faute si je suis un malade.

– Menteur ! éructe Ginette. Mon fils, non !

– Vous pouvez vous retirer, madame Darget. »

Pitoyable, elle supplie maintenant :

« Monsieur le juge, je vous en conjure, ne le croyez pas. C'est un pervers. Ne vous faites pas abuser par lui.

– Merci, madame. Allez-y maintenant. »

Vaincue, elle traverse la salle dans un mépris général. La haine est tellement palpable dans le regard des parents de la petite suppliciée qu'elle fuit, tandis que le président Laforge annonce une suspension d'audience.

Je n'aime pas la salle des pas perdus pendant les suspensions et je préfère rester dans la salle d'audience désertée. Mais, cette fois, je sors avec les autres, suivant de loin Ginette harcelée par ces vipères de journalistes. Vous avez peut-être l'impression que je me répète, mais ce sont vraiment de sales parasites, ces gens-là. Ginette finit par céder à leur implacable insistance. La meute fait tellement masse autour d'elle que je peux m'approcher sans être repérée. Les questions sont d'une telle cruauté qu'elle vacille, perd le contrôle de ses nerfs. Dans une ultime tentative, elle voudrait exprimer sa vérité mais elle ne peut que se justifier. Elle devrait savoir, comme moi-même je l'ai compris, qu'on est toujours impuissant à vouloir lutter contre les certitudes des journalistes. Ils ont déjà leur papier en tête, celui qui décrira une mère abusive et monstrueuse. Une mère tellement responsable des dérèglements sexuels de son fils que ses tentatives de le nier ne font que la faire tomber un peu plus dans leur piège. L'histoire est trop belle, celle d'un violeur abusé, enfant, par sa propre mère.

Elle se bat en vain... Son sort est scellé, quoi qu'elle réponde.

J'entends leurs questions qui sonnent comme des affirmations : « Pourquoi niez-vous l'évidence ? » « Que pense votre mari de toutes ces horreurs ? » « Comment pouvez-vous supporter ce drame ? » « Avez-vous fabriqué un monstre ? » « Avez-vous aimé votre fils ? » « Qu'avez-vous ressenti lorsqu'il vous a accusée ? » « Vous sentez-vous responsable de la mort de la petite ? »

Avant de fuir à nouveau, poursuivie par la meute, elle ne peut que répéter qu'elle n'y est pour rien, que tout est inventé, mais il y a tant de haine dans son regard qu'on ne retient que sa laideur de femme aux abois. C'est ce qu'ils montreront, ce soir, au journal télévisé. Et pour rien au monde je ne voudrais le rater.

La sonnerie qui annonce la reprise des débats la sauve enfin des vipères qui l'abandonnent à son mauvais avenir. Celui d'une mère définitivement indigne. Les dernières images la montreront s'éloignant seule, sous une pluie fine.

Je sais au fond de moi que ces accusations sont peut-être fausses, probablement exagérées. Mais, à ma grande satisfaction, elles ont rattrapé la mère de Simon au procès. Je sais que Ginette aura du mal à s'en relever. Peut-être sera-t-elle, comme moi, obligée de changer de vie. Je sais aussi que c'est la dernière fois que je la vois. Elle restera à jamais cette femme honteuse et vaincue.

Elle, si flamboyante autrefois.

En regagnant la salle, je me laisse rattraper par Agathe Monbaerts, la journaliste binoclarde du Figaro. *Elle me demande ce que je pense de Ginette et je réponds simplement dans un soupir plein de sous-entendus : « Je la plains. Mais je prierai aussi pour elle. »*

Le procès / troisième jour

J'ai bien dormi cette nuit encore, après avoir passé une soirée tranquille dans ma chambre d'hôtel. J'ai acheté des sushis et une bière, pour un total de onze euros et cinquante-cinq centimes, chez un traiteur que j'avais repéré en rentrant du tribunal lundi soir. Je n'avais jamais mangé auparavant de ces spécialités japonaises que l'on dit succulentes. J'étais tentée depuis que j'avais vu Sophie Davant en parler dans son émission du matin sur la deuxième chaîne. Je dois reconnaître que je n'ai pas été emballée : c'est trop bourratif à mon goût.

Je préfère de loin la cuisine chinoise. Autrefois, à Aix, Simon nous emmenait régulièrement – au minimum une fois par mois – au restaurant La Grande Muraille, avec les enfants, pour manger des nems et du bœuf aux oignons avec du riz blanc. Nous ne prenions que deux bols pour nous quatre, c'est amplement suffisant car il en reste toujours.

Simon m'avait fait découvrir cette cuisine exotique en m'invitant à dîner quelques jours seulement après notre rencontre.

À l'époque, je travaillais trois jours par semaine à la réception de l'agence de la M.A.I.F. de Périgueux. Il était venu déposer un constat d'accident en réclamant de voir Alexis Bernier, le responsable. Visiblement, il était en tort mais il avait réussi à sauver ses 10 % de bonus. Il était ami avec M. Bernier et il l'avait entourlourpé gentiment.

« T'es trop malin pour moi, Simon, et j'ai pas envie de perdre un client comme toi ! avait dit M. Bernier en le raccompagnant.

– Salut la compagnie, avait plaisanté Simon, et il m'avait adressé un clin d'œil appuyé qui n'avait échappé à personne.

– Toi, t'as un ticket », avait commenté ma collègue de la réception, Simone Poumailloux, en se moquant de ma gêne subite. Entre parenthèses, je n'aimais pas beaucoup cette Simone qui se mêlait toujours de ce qui ne la regardait pas. Je m'étais permis de dire à M. Bernier qu'elle racontait des « salades » sur lui. Il l'avait prise en grippe et avait fini par s'en séparer.

J'avais effectivement rougi car il est vrai que je n'avais pas l'habitude qu'on soit aussi familier avec moi.

« Fais gaffe à ne pas tomber dans le panneau. C'est un sacré dragueur, ce gars-là. Il est connu pour ça. Un coquin doublé d'un salopard ! Il a déjà sauté deux filles de l'agence qui se sont battues pour lui, au sens propre comme au figuré. Il les a fait tourner en bourrique pendant des mois. Au final, l'une est tombée en dépression et l'autre en cloque. Je crois qu'elle a avorté mais, ce dont je suis sûre, c'est que Bernier les a virées toutes les deux. Que veux-tu, M. Bernier l'adore, il lui passe tout et surtout de sauter ses secrétaires. Il doit faire un transfert ! »

Elle avait bien insisté sur « M. Bernier », avant d'ajouter : « Sois pas conne comme les deux autres. T'as que des emmerdes à gagner en jouant avec un type pareil. »

Ah ça ! j'ai été bien conne... Ce clin d'œil avait suffi pour que je tombe amoureuse.

J'avais bêtement répondu : « Oui, c'est moi » quand, un quart d'heure plus tard, il avait demandé au téléphone si j'étais la petite mignonne de la réception. J'étais folle de joie qu'il m'invite au restaurant le lendemain soir.

J'avais vingt-deux ans et c'était la première fois qu'on m'invitait au restaurant.

« On ira au chinois. Tu connais Le Paradis de Chine ?

– Non, avais-je bredouillé.

– Alors, je t'apprendrai à manger avec des baguettes, tu verras, je suis un champion en la matière ! »

Il m'avait déjà tutoyée.

En effet, il avait essayé de m'apprendre à me servir des baguettes qu'il maniait avec une dextérité qui m'avait impressionnée. Nous nous étions bien amusés mais j'avoue que j'avais vite renoncé et j'avais fini par demander des couverts normaux. Il m'avait expliqué tous les plats. Il était beau, amusant, et il parlait beaucoup, surtout de lui. Mais cela ne m'avait pas dérangée parce que je n'avais pas grand-chose à dire sur moi. En fait, je peux bien l'avouer aujourd'hui, j'étais si heureuse et surprise de plaire à un tel homme. C'était un rêve. J'avais l'impression qu'à partir de maintenant toutes les femmes allaient m'envier.

Dans la voiture, dont l'aile avant était froissée, il m'avait expliqué qu'il n'avait pas vu déboucher une Ford sur la droite et qu'il avait manqué de se battre avec le « connard » qui l'avait embouti.

« J'étais pas vraiment en tort. Il aurait pu faire attention au lieu d'accélérer. La responsabilité était partagée mais cet abruti n'a rien voulu entendre et il voulait appeler les flics. Tu te rends compte, pour de la simple tôle froissée ! J'étais à deux doigts de lui péter la gueule, parce que, moi, il ne faut pas m'emmerder... Heureusement, Bernier m'a arrangé le coup pour que je ne perde pas mon bonus. »

Ensuite, je m'étais laissé faire. Il m'avait embrassée, caressé les seins et les cuisses. « Je sens que je vais t'aimer, toi », avait-il dit en me déposant devant chez mes parents tandis qu'il avait passé sa main une dernière fois entre mes cuisses.

J'avais déjà embrassé des garçons (je n'étais pas totalement une oie blanche à l'époque, quand même !), mais jamais avec une telle intensité. Je crois que j'aurais cédé ce soir-là, en dépit de mes convictions, s'il m'avait demandé de faire l'amour. Par la suite, il n'avait plus vraiment insisté et j'avais réussi à rester vierge jusqu'à notre mariage. En échange, j'avais dû accepter quelques concessions pour compenser ses impatiences masculines. Comme je ne voulais vraiment pas le perdre, surtout à partir du jour où il m'a dit qu'il allait m'épouser, je m'étais montrée docile.

Je me demande encore aujourd'hui pourquoi il m'a épousée, à peine six mois après ce premier rendez-vous, lui qui pouvait avoir toutes les femmes de Périgueux, tellement il était beau et charmant. M'aimait-il ? Je n'ai toujours pas de réponse définitive à cette question, mais je crois qu'on ne peut pas épouser quelqu'un sans l'aimer plus qu'un peu. Alors, oui, j'ose écrire que nous nous aimions. Sinon, comment aurions-nous pu rester ensemble aussi longtemps, hein ?

Hier soir, j'ai donc mangé les dix sushis, assise sur un coin du lit. J'ai terminé la bière japonaise de marque Asahi (c'est amusant comme nom) en regardant sombrer Ginette au journal télévisé de la Une. Pour présenter le reportage sur le procès, P.P.D.A. a indiqué qu'il fallait trouver, « dans le témoignage de la mère de Simon Darget, les éléments de compréhension sur la personnalité du monstre de Laval ». Dans le reportage, Ginette apparaissait comme une vieille dame aux cheveux gras et au regard dur; la journaliste rousse (que je n'ai toujours pas réussi à repérer dans la meute) a ensuite parlé de traumatisme profond datant de l'enfance de Simon. Elle a décrit Ginette comme une mère possessive et brutale, fuyant ses responsabilités. « Une mère indigne, drapée dans des certitudes de mauvais aloi qui ont fortement déplu à la cour d'assises. » Je suis passée sur la deuxième chaîne où les commentaires étaient encore moins tendres. Simon était décrit comme un enfant martyrisé et humilié par « une mère monstrueuse, qui n'exprime pas le moindre pardon aux parents effondrés ». Le journaliste concluait en disant que « la haine profonde d'un fils à l'égard de sa mère a horrifié le tribunal. Sans l'excuser, cela explique aussi le geste meurtrier de Simon Darget ».

J'avoue que je me suis réjouie de voir sombrer Ginette, montrée comme une femme hautaine mais pitoyable et une mère monstrueuse.

J'ai laissé le journal pour suivre Plus belle la vie *sur la troisième chaîne, puis* Super Nanny *sur la Six. Je me suis endormie vers 22 h 30 après avoir avalé un cachet d'Alcyon.*

« Quatre experts médicaux vous ont examiné, Simon Darget, annonce le président de sa belle voix ferme. Aucun n'a décelé de maladie mentale vous concernant. C'est pour cela que vous êtes jugé par cette cour d'assises et susceptible d'une condamnation.

– Je suis pourtant malade, monsieur le président », tente Simon comme s'il voulait échapper pitoyablement à ce tribunal.

Le président ne relève pas et annonce que la matinée sera consacrée à l'examen de la personnalité de l'inculpé.

Je vois Simon se tasser dans le box et presque disparaître. Au fil de la matinée, la honte l'accable. À d'autres moments, il feint de s'ennuyer, puis soudain il se redresse, s'insurge et conteste une conclusion. Il ne veut pas que cette femme, médecin psychiatre à la Salpêtrière, dont le rapport est accablant, le présente comme un psychopathe pervers, un calculateur et un affabulateur. Il ne supporte pas d'être « cet adolescent pervers qui se masturbait sur les petites culottes de sa mère ». Il s'énerve : « J'ai fait confiance à cette femme, conteste-t-il. Je lui ai confié des choses que je n'avais jamais dites à personne. Voilà ce qu'elle raconte de moi. Et ça se dit médecin ! Cette femme m'a trahi, monsieur le président. Je demande seulement que l'on me déclare malade et que l'on me soigne. J'ai été violenté et martyrisé, petit. Il faut en parler. »

Simon ne s'est pas exprimé aussi longuement depuis le début du procès. Il veut que ce soit dans le trauma-

tisme de son enfance que l'on trouve la clé de son crime, comme une excuse.

« Ce jour-là, je n'étais pas moi-même. J'ai répondu à une pulsion inconnue et enfouie. J'étais comme robotisé, extérieur à l'événement. Avec la jeune fille, je reconnais que j'ai été méchant et sauvage. J'ai été méchant parce qu'elle a fait surgir des fantômes de mon passé. Ceux que j'avais réussi à effacer.

– Si je comprends bien ce que vous essayez de nous dire, c'est pour cela que vous l'avez tuée ? intervient le président.

– Oui, monsieur le président. Quelque chose s'est passé. Un phénomène nouveau que je n'avais jamais eu à affronter, une surenchère dans les pulsions. J'ai vu le visage monstrueux de ma mère et tout est remonté à la surface. Je suis comme le lait sur le feu, à un moment j'ai débordé.

– Qu'en pensez-vous, madame l'expert ? demande le président, à peine troublé par la déclaration de Simon.

– Je n'y crois pas. Au cours de mes nombreuses séances, je n'ai pas relevé le traumatisme dont il parle. Si traumatisme il y a, il est fantasmé. En réalité, sans être totalement affirmative, je pense plutôt qu'il l'invente pour nier son entière responsabilité. Il a tué la jeune fille simplement parce qu'elle ne pouvait pas vivre. Ensuite, il a effacé un témoin gênant et il a voulu gommer son acte assassin. Rien de plus.

– Vous êtes formelle ?

– Autant qu'on peut l'être dans ce genre d'affaire, monsieur le président. Simon Darget est pour moi un personnage pervers et manipulateur. Il s'invente des excuses pour échapper à sa responsabilité personnelle. »

Simon s'est à nouveau replié sur lui-même. Son avocat intervient :

« La défense refuse ces conclusions, monsieur le président. D'autres experts ont parlé ici de traumatismes liés à l'enfance. Ne l'oublions pas et ne laissons pas dans les mains d'un seul expert, quelles que soient ses compétences, le sort de mon client. Simon Darget a parlé des souffrances subies dans son enfance. Pourquoi ne faudrait-il pas le croire ? Parce qu'un médecin psychiatre pense détenir la vérité ? J'y reviendrai en temps voulu, mais il y a motif à des circonstances atténuantes. Accepter aujourd'hui les causes originelles de son crime l'aidera demain à se soigner. Ce que nous voulons dire ici, c'est que Simon Darget est malade et qu'il faut chercher l'origine de sa maladie dans sa prime jeunesse, auprès d'une mère qui lui a infligé les pires bassesses. Aussi, ne parlons pas d'être pervers et calculateur. La vérité sur mon client est ailleurs. »

Simon relève lentement la tête et fixe, sans prononcer un mot, l'expert psychiatre qui, tournée en direction du président, ne remarque pas son mouvement de tête. Dans la salle, tous croient deviner dans cette attitude celle d'un homme en perdition, un homme blessé qui se sent incompris.

Moi qui connais la vérité de Simon, moi qui ai déjà vu ce regard, j'y vois seulement de la pure haine. S'il n'était pas prisonnier dans sa cage de verre, il lui aurait sauté dessus pour la frapper, l'éliminer du paysage.

11.

Á la fin janvier de l'année suivante, le « violeur des quartiers sud » avait fait une nouvelle victime, une étudiante de dix-sept ans et demi, agressée par un homme cagoulé qui s'était introduit dans son studio, au deuxième étage de la résidence Rubens, en grimpant par les balcons. La police avait trouvé des traces de chaussures de pointure 43 le long de la rigole et dans la pelouse au pied de l'immeuble. Il avait plu et les traces avaient été facilement repérées. L'homme avait fracturé la fenêtre pour pénétrer dans l'appartement et avait attendu dans le noir le retour de la jeune fille. Celle-ci était rentrée avec un ami. Le pauvre garçon était tellement effrayé qu'il s'était laissé ligoter et bâillonner avec du ruban adhésif. Incapable de réagir, il avait dû assister, impuissant, au viol sauvage de sa copine. Le violeur l'avait agressée à plusieurs reprises en la forçant aux pires horreurs et il était parti au petit matin par la porte d'entrée, après avoir pris soin de les attacher l'un à l'autre entièrement dévêtus. Dans la résidence, personne n'avait rien entendu et les deux malheureux jeunes gens n'avaient été retrouvés que le surlendemain par la police, avertie par les parents inquiets de n'avoir aucune nouvelle de leur fille qui avait l'habitude de les appeler tous les soirs. Celle-ci avait été hospitalisée dans un état grave et, concluait l'article du *Méridional*, « selon les médecins, la jeune Alice (le prénom avait été changé pour préserver son anonymat) allait s'en sortir mais garderait longtemps les séquelles de son agression ».

En réalité, elle n'est jamais sortie de son traumatisme. Internée, folle à vie.

Dans les jours qui avaient suivi, le journal ne parlait que de l'incapacité des policiers à trouver l'auteur de ces actes odieux et de la « psychose qui s'était à nouveau emparée de la ville ». Une seule chose était sûre, pour les enquêteurs, il ne faisait aucun doute qu'il s'agissait toujours du même homme, responsable de six autres agressions d'étudiantes depuis deux ans à Aix-en-Provence.

Simon était revenu le samedi matin d'une tournée d'une semaine dans le département du Vaucluse, dont il avait la responsabilité en plus des Bouches-du-Rhône et des Alpes-Maritimes. En octobre, il avait pris du galon dans son entreprise et touchait désormais 4 250 euros net par mois, prime de déplacement incluse. Il était absent des semaines entières et rentrait exténué, le visage amaigri et des cernes sous les yeux. Il avait perdu au moins cinq kilos en quelques mois, et il était à nouveau tendu et irascible. C'est pourquoi, malgré mes inquiétudes, j'évitais toute réflexion sur son état physique.

« Les patrons auront ma peau », grognait-il pour lui-même.

Mais je savais bien qu'il aimait cette vie-là et que je n'avais pas intérêt à m'en plaindre, de peur qu'il ne soit pris d'un coup de colère et ne sorte en claquant la porte, au risque de ne pas le revoir avant le lendemain matin en sentant cette odeur infecte de parfum bon marché. Les enfants auraient pleuré et j'aurais passé ma soirée à essayer de les calmer. Je ne préférais pas, et je gardais comme un précieux souvenir les bons moments passés au printemps dernier, convaincue qu'ils reviendraient un jour. Bientôt, comme toujours.

C'étaient, pensais-je, quelques mauvaises semaines à passer et je persistais à mettre ses agacements actuels sur le compte de la pression professionnelle. Il est vrai que ça ne rigolait pas tous les jours aux Établissements Gaboriaud. Il fallait ramener du résultat et Simon était aux premières loges !

D'ailleurs, je n'avais pas le temps de m'ennuyer avec les enfants et une maison à tenir. Je cousais beaucoup et je m'étais mise au tricot, une activité très délassante, tout en regardant la télévision.

Ce samedi-là, j'avais préparé son sauté de veau favori, comme toutes les semaines. Mais il était sorti à midi et j'avais dû le faire réchauffer pour le dîner. J'espérais profiter d'un instant de calme pour lui parler du violeur sans qu'il s'énerve. Je ne sais pas pourquoi mais, depuis qu'il avait refait surface, j'étais totalement effrayée par la présence de cet homme en ville. Il m'obsédait et je sentais en permanence une boule d'angoisse au creux de l'estomac. Ce soir, j'aurais peut-être le courage d'en parler à Simon. Je lui avais servi un whisky et j'avais allumé les actualités régionales.

Si je n'avais craint d'agacer Simon, j'aurais hurlé de joie pour me libérer de ces jours d'angoisse, mais, près de son fauteuil, j'étais demeurée silencieuse, laissant un profond soulagement s'emparer de moi. « Un homme, connu des services de police pour des affaires d'agressions sexuelles commises dans le passé », avait été placé en garde à vue dans l'après-midi. Il s'agissait d'un maçon de quarante-deux ans, père de famille. On le voyait, poussé par les policiers à l'intérieur du palais de justice, le visage dissimulé sous une couverture. Le journaliste affirmait que des éléments à charge – une arme blanche et des sous-vêtements féminins appartenant aux victimes – auraient été retrouvés au domicile de l'homme arrêté. Il avait rappelé le nombre d'agressions dont le maçon était soupçonné dans la seule ville d'Aix (« mais des investigations plus élargies vont être menées ») et il avait conclu sur le calvaire de la jeune Alice, toujours hospitalisée dans un « établissement spécialisé ». Avait suivi une courte déclaration de notre maire dans son bureau de l'hôtel de ville, qui s'était félicité que le calme allait enfin revenir dans notre ville après plusieurs mois d'angoisse bien compréhensible. Il avait tenu à saluer le travail des enquêteurs et à partager la douleur des victimes, « jeunes femmes meurtries au plus profond de leur âme ».

Pendant tout ce temps, Simon avait siroté son whisky. Il m'avait pris la bouteille des mains pour se resservir un troisième verre, et s'était contenté de dire : « Il va en baver, le mec. »

Puis, il avait tendu son verre en direction de la télévision et l'avait bu d'une traite. « À la tienne, ma salope ! »

Je ne savais pas s'il s'était adressé au violeur ou à moi, car sa main avait remonté le long de ma cuisse et il avait introduit des doigts profondément dans mon sexe. Si violemment que cela était devenu douloureux.

« On va fêter ça et j'ai envie que tu me suces, maintenant ! »

Dans ces moments-là, quand son envie était presque animale, je savais qu'il était inutile d'essayer de refuser. Je m'étais exécutée avec docilité dans la chambre que j'avais fermée à clé, de peur que les enfants nous surprennent.

Plus tard, nous nous étions régalés en famille avec le sauté de veau. Soit dit en passant, ce genre de plat en sauce est souvent meilleur réchauffé.

J'étais allée me coucher dès la fin de l'émission *Le Plus Grand Cabaret du monde*, de Patrick Sébastien, que je ne rate jamais (même aujourd'hui) tellement les numéros de music-hall qu'il propose sont époustouflants, notamment ceux du prestidigitateur Dani Lary. Simon était resté au salon.

Ce soir-là, j'étais tellement apaisée que j'étais prête à tout accepter. Qu'il boive et me prenne quand il m'avait réveillée dans la nuit, puant l'alcool et grognant des saletés, peu m'avait importé. Je songeais seulement à la douleur de la femme et de la famille du maçon violeur.

Le dimanche midi, Simon, qui s'était réveillé tard, nous avait emmenés déjeuner au McDonald's, comme il le faisait si souvent avant l'été dernier. Mes enfants semblaient heureux surtout quand leur père avait proposé d'aller au cinéma. Nous avions mangé un grand bol de pop-corn à 35 francs (environ 6 euros).

Le soir, nous avions terminé le sauté de veau et j'avais préparé de vraies frites, pas des surgelées.

Simon avait regardé un match de football sur la chaîne Canal Plus, Marseille contre Saint-Étienne, si je me souviens bien.

Quand il s'était couché, je faisais semblant de dormir, tournée vers la fenêtre. Je l'avais senti approcher. Il m'avait tirée par les cheveux, pincé le nez de sorte que je prenne son sexe encore mou dans la bouche : « Fais-moi bander comme toutes ces petites putes. »

Je n'avais pas voulu savoir de qui il parlait et je m'étais appliquée à ce qu'il prenne son plaisir très vite, tellement il me faisait mal en me tirant les cheveux. J'avais du mal à supporter son odeur d'alcool, mais il n'avait pas voulu bouger tant que je n'avais pas avalé son sperme. Pendant de longues minutes, j'avais dû garder son sexe redevenu tout mou et petit dans la bouche.

Sa virilité avait fini par revenir et il s'était enfoncé au plus profond de ma gorge.

« Vous êtes bien toutes des salopes ! » avait-il éructé, dans un soupir triomphant. Cette fois il avait mis longtemps à jouir.

Il s'était endormi aussitôt après. Le bruit de ses ronflements, chargés de relents de whisky, couvrait mes menus sanglots. Ma gorge brûlait, mais je n'avais pas tenté de me lever de peur qu'il ne se réveille. La gorge sèche, j'avais dû garder son mauvais goût toute la nuit sans parvenir à trouver le sommeil.

Simon s'était levé de bonne heure. J'étais déjà debout pour lui préparer son café et griller son pain de mie. Il n'avait pas prononcé un mot et était allé réveiller les enfants avant de partir. Depuis la cuisine, j'avais entendu leurs éclats de rire. Leur joie m'avait réchauffé le cœur.

« Je vous aime, leur avait-il dit en les embrassant avec affection.

– Nous aussi, mon papa qu'on aime », avait répondu Jérémie que Simon tenait dans ses bras.

En tournée dans les Alpes-Maritimes, Simon était parti pour toute la semaine. J'allais reprendre mes habitudes quotidiennes : les courses, les enfants, le ménage, la lessive, le repassage et mon tricot. J'espérais bien terminer cette semaine un pull-over beige avec un flocon doré sur le devant pour Audrey dont j'avais trouvé le patron dans un vieux numéro de *Modes et Travaux*. Il me restait seulement à tricoter les manches. Mais je n'avais rien pu entreprendre ces jours-là, malgré les jérémiades d'Audrey qui attendait tant le pull que je lui avait promis pour la fin de semaine.

J'étais trop bouleversée par les nouvelles entendues le matin sur Radio Luxembourg et que Jean-Pierre Pernaut avait confirmées au journal télévisé. L'homme arrêté la semaine dernière avait été relâché après quarante-huit heures « réglementaires » de garde à vue. « Aucune charge sérieuse n'a été retenue et l'homme est ressorti libre du commissariat, totalement libre. Il avait été accusé à tort et l'enquête sur le violeur des quartiers sud reprend de zéro », avait conclu le présentateur de la première chaîne.

Soudain, je m'étais prise à détester cette ville, son climat, ses habitants. Je n'avais qu'une hâte : en partir. Je me sentais si seule ici. Je ne parvenais plus à dormir avec cette boule d'angoisse au creux de l'estomac.

J'avais appelé mon père. Bien qu'à la retraite, il avait encore pas mal de relations dans le Nord. Je lui avais expliqué que Simon ne se plaisait pas chez Gaboriaud mais qu'il ne voulait pas lui en parler.

« Tu le connais, mon Simon. Il ne veut rien devoir à personne. »

Mon père aimait bien Simon et avait promis de s'en occuper.

« Ne lui dis pas que ça vient de moi, lui avais-je recommandé.

– T'inquiète pas », m'avait-il répondu.

Deux jours plus tard, mon père m'avait rappelé pour me dire qu'il lui avait trouvé du travail à la logistique d'une entreprise de transport de Lesquin, dans le 59.

Je devais être vraiment mal car j'avais trouvé le courage d'en parler à Simon dès son retour, le vendredi soir. J'avais tenté de lui présenter cette proposition comme une belle opportunité professionnelle.

« Logisticien dans le transport, c'est ton métier de base », avais-je tenté de dire.

J'avais évidemment caché le fait que cette idée venait de moi. Au contraire, je lui avais expliqué que c'était un vieil ami de mon père qui avait pensé à lui. D'abord, Simon était resté sans réaction, vaguement interrogatif, et j'avais pris cela comme un bon signe. Je m'étais enhardie dans l'espoir qu'il pense que son avenir nous importait beaucoup.

« En fait, c'est un ami qui a appelé papa pour savoir s'il connaissait un logisticien et papa a tout de suite pensé à toi. »

Je n'avais pas eu le temps d'en ajouter plus, notamment sur les avantages financiers du poste, car Simon s'était aussitôt mis en colère.

« De quoi il se mêle, ton con de père ! Qu'il aille se faire foutre avec sa proposition de merde. Je me plais ici, point final. »

Simon était sorti en claquant la porte, sans même embrasser ses enfants. Il n'était revenu que le dimanche matin, imprégné de cette affreuse odeur de parfum dans ses vêtements. Les enfants avaient couru pour l'embrasser. Il les avait aussitôt emmenés déjeuner au McDonald's alors que j'avais sorti du congélateur un beau rôti de bœuf et que Jérémie n'avait pas terminé ses devoirs. Il m'avait abandonnée, seule.

J'avais allumé la télévision pour regarder l'émission de Jean-Luc Reichmann (vous savez, ce présentateur qui porte une tache de vin assez disgracieuse au coin du nez).

À leur retour, les enfants m'avaient demandé pourquoi j'avais les yeux tout rouges. « Elle a encore chialé », avait répondu Simon, à ma place, avant de disparaître.

12.

En novembre de cette année-là, nous nous étions installés finalement dans le nord de la France sur l'agglomération de Villeneuve-d'Ascq. Je m'étais occupée de tout : le déménagement, trouver une bonne école pour les enfants (j'avais dû me résoudre à les inscrire dans une école privée, car, vu le niveau dans le public, je voulais au moins qu'ils parlent le français !) et louer une maison dans un quartier agréable et tranquille, ce qui était devenu de plus en plus difficile à dénicher dans le Nord avec tous ces bicots. Dans le Nord, j'étais chez moi. Pourtant la région avait beaucoup changé en vingt ans et je reconnaissais mal les endroits où j'avais grandi. Désormais, les villes étaient mal entretenues et, au risque de me répéter, il y avait vraiment beaucoup trop d'Arabes. Et ces gens-là, qu'on le veuille ou non, n'ont pas le même sens de la propreté et de l'hygiène que nous.

Au début, s'il n'y avait eu le soulagement d'avoir laissé Aix-en-Provence, j'aurais presque regretté d'être revenue ici. Le Nord n'est pas gai comparé à la région du Sud, vous l'avouerez! Et, en hiver, le climat est épouvantable, très humide.

Jérémie et Audrey avaient, dans un premier temps, mal supporté ce nouveau changement. Normal pour des gosses : ils avaient abandonné du jour au lendemain leurs copains et leurs habitudes. Je dois reconnaître qu'ils s'étaient beaucoup plu dans le Sud. Ils avaient fait tout un cirque, surtout auprès de leur père, pour que nous restions à Aix. Mais vous connaissez les gosses, ils avaient eu vite fait de se faire de nouveaux copains.

Le travail de Simon se trouvait à Lesquin, à une trentaine de kilomètres de la maison. Mais, au moins, il rentrait tous les soirs et notre vie avait repris un cours tranquille. Au fil des semaines, j'avais fini par m'apaiser, oubliant les flots d'angoisse qui m'avaient submergée à Aix au point de me rendre la vie impossible. Si nous n'avions pas quitté Aix, je crois que j'aurais sombré dans la dépression, un comble pour moi qui ai en horreur les gens dépressifs.

Vous vous demandez sans doute comment nous avions fini par quitter Aix-en-Provence alors que Simon ne voulait pas en entendre parler. Je vais vous le dire même si, tant d'années après, cela réveille encore en moi des souvenirs douloureux. Car il n'est pas facile d'apprendre que votre époux a une maîtresse.

Ce que je vais vous confier s'est passé le jeudi 23 mai, vers 7 h 30 du soir. J'allais appeler les enfants pour le dîner quand le téléphone a sonné. Cela ne pouvait pas être Simon puisqu'il n'appelait jamais quand il était en tournée.

Cette semaine-là, selon ses dires, il était dans le Vaucluse. Audrey avait fait la course avec son frère et avait décroché la première : « Maman ! C'est une dame pour toi. »

J'étais en train de battre une mayonnaise pour accompagner les restes de poulet froid (un poulet d'un kilo huit cents nous faisait facilement deux jours). Un instant, j'avais eu envie qu'Audrey réponde que je n'étais pas là, mais j'avais fini par dire d'une voix peu assurée : « J'arrive. »

La boule d'angoisse qui m'avait lâchée quelques minutes pendant que je préparais le repas était revenue encore plus violemment. Je ne sais pas pourquoi, mais je craignais toujours le pire. Je n'aimais pas ces coups de fil inattendus et j'angoissais tout autant quand on sonnait à la porte. J'avais fini par détester les passages du facteur ! Il était si rare que le téléphone sonne chez nous.

J'avais à peine prononcé un bonsoir et décliné mon identité en tremblotant que l'autre m'avait assené, d'un ton triomphant et perfide :

« T'es cocue, ma vieille.

– Pardon ?

– Tu comprends pas, connasse ? Simon est avec moi maintenant. T'es cocue, ça tu comprends, non ? Décidément, t'es encore plus conne que ce qu'il m'a dit ! Et il va quitter sa vie de merde pour se mettre avec moi. Simon et toi, c'est terminé, ma vieille. »

J'étais surprise, incapable de prononcer autre chose que : « Qui êtes-vous ? »

Elle avait répondu, encore plus triomphante :

« Celle qui baise avec ton mari ! En plus t'es trop moche ! Avec moi, il bande ! »

Elle avait raccroché en ricanant et elle ne m'avait pas entendu répondre la seule chose qui m'était venue à l'esprit à ce moment-là : « Je ne vous permets pas de me tutoyer. »

Ainsi, c'était elle la fille au parfum bas de gamme.

J'aurais pu m'apitoyer sur mon sort, pleurer, me mettre à détester Simon, penser à divorcer, ou que sais-je... Mais, croyez-moi si vous le voulez, quand j'avais raccroché, j'avais seulement pensé aux mauvais draps dans lesquels Simon s'était mis une nouvelle fois, avec la certitude qu'il n'allait pas nous abandonner, surtout les enfants, pour une pute pareille. Je connaissais trop Simon pour savoir que cette femme, la vulgarité en personne, ne pouvait pas détruire ma famille.

La boule d'angoisse m'avait quittée. Cela peut paraître stupide mais j'avais craint tellement pire que j'étais presque soulagée.

La fille m'avait seulement fait rater la mayonnaise, qui était tombée. J'avais dû en refaire une à la hâte, car mes enfants n'aiment pas le poulet froid sans une mayonnaise faite maison. La mayonnaise de maman.

Nous nous sommes mis à table au moment où allait commencer le feuilleton *Plus belle la vie*, sur la troisième chaîne. Exceptionnellement, ce soir-là, nous avons dîné en regardant la télévision.

Vous ne serez pas surpris d'apprendre que, au début, Simon avait nié. Les hommes réagissent ainsi face à l'évidence : comme des lâches. Et mon Simon n'échappait pas à la fameuse règle du « courage, fuyons » !

« Qu'est-ce que tu racontes ? C'est n'importe quoi cette histoire ! »

Sans doute n'était-il pas habitué à me voir aussi remontée. C'était la première fois que je lui tenais tête. J'avais osé lui dire que j'étais scandalisée, que j'avais été humiliée. Il avait rapidement changé de tactique et il avait reconnu qu'il avait eu une brève liaison sans importance. Il avait présenté cette aventure comme une anecdote, une erreur passagère :

« Je ne vois qu'elle. Sinon... Vraiment rien... Mais franchement, ça remonte à un moment cette histoire... »

Il avait eu une moue dubitative, donnant l'impression de réfléchir, de se creuser la mémoire.

« Si c'est elle, tu me croiras si tu veux, mais je ne me souviens même plus de son nom. »

C'était une histoire sans importance, un truc « à la con » qu'il avait même oublié. « Tu sais, nous les hommes, on n'est jamais à l'abri d'une connerie. Il faut faire la part des choses. Cette fille m'a allumé un soir dans un café et, comme un imbécile, je l'ai suivie. C'était à l'époque où j'étais pas bien. Tu t'en souviens ?

– Oui.

– J'ai fait un écart un soir où je me sentais mal et cette salope en a profité. Il n'y a rien de plus. S'il s'agit d'elle... parce que, sinon... Tu es tombée peut-être aussi sur une folle qui veut foutre notre vie en l'air. »

Visiblement, il avait cherché à minimiser « une erreur sans lendemain ».

« C'est pas ça qui va nous bousiller. J'ai fait une connerie. Je te demande pardon mais, je peux te rassurer, il n'y a pas de danger. Cette histoire est finie et bien finie. Cette nana est une pouffiasse. »

Je m'étais mise à sangloter et j'avais ressenti une certaine satisfaction quand mes yeux pleins de larmes avaient fini par l'impressionner. Il avait bien fallu que j'en rajoute un peu car j'avais senti qu'il n'attendait qu'une occasion pour échapper à ce face-à-face. Mais, cette fois, il n'avait pas osé fuir. Pris en faute comme un gamin, il avait perdu toute son assurance. Je l'avais trouvé un peu pitoyable, perdu dans des explications qui ne tenaient pas. Pour la première fois, j'avais pris le dessus sur lui en femme humiliée qui séchait maladroitement ses larmes du revers de sa manche.

« C'est une histoire de rien du tout, crois-moi.

– Mais, elle a dit que tu allais tout quitter pour vivre avec elle, Simon, étais-je parvenue à articuler entre deux sanglots. Que tu n'en avais rien à faire de tes enfants. Tu te rends compte de ce qu'elle a dit : que tu voulais abandonner ta famille.

– Des mensonges ! avait-il hurlé. Cette fille est une grande malade. Je ne vois pas d'autre explication. Elle doit prendre ses désirs pour des réalités, cette pute. Cette pute ! »

Il y avait tant de haine dans ses mots que j'en avais profité.

« Elle m'a dit que tu disais que tes enfants étaient débiles. C'est vrai, Simon, que tu as dit ça sur tes enfants ? J'ai eu tellement mal d'entendre ces horreurs dans la bouche de cette femme hystérique. Elle était si méchante...

– Mes enfants, c'est toute ma vie. Tu le sais, non ? avait-il dit en élevant le ton. C'est une tarée, cette fille. C'est pas possible autrement. »

Si elle avait été là, je crois qu'il l'aurait massacrée tant sa haine était palpable. Il transpirait abondamment et ses yeux n'exprimaient que l'envie de se venger. Ce besoin de violence irrépressible et incontrôlable que je lui connaissais. Mais il m'avait attrapé les mains.

« Je te jure sur la tête des enfants qu'il n'y a rien du tout entre cette fille et moi. Bien sûr que je n'ai pas envie de vous quitter. Tu le sais.

– Mais elle me l'a dit !

– Tu ne vas quand même pas croire ces conneries alors que je jure sur la tête des gosses !

– Jure-moi qu'il n'y a pas d'autres femmes, Simon, avais-je supplié.

– Bien sûr, je te le jure !

– Sur la tête des enfants ? »

Il m'avait regardé droit dans les yeux.

« Évidemment sur la tête des enfants, qu'est-ce que tu imagines ? Que je peux me passer d'eux ? »

Il avait fini par admettre que notre famille avait besoin d'un nouveau départ.

Voilà, vous savez tout. C'est ainsi que nous avions pris la décision de nous installer dans le Nord, loin de l'agitation d'Aix-en-Provence qui m'avait tant angoissée ces derniers mois.

Nous n'en avions plus jamais reparlé et je n'avais pas cherché à savoir comment il s'était débarrassé de cette pute.

13.

Un troisième enfant, voilà ce que j'exigeais désormais de lui. J'avais la conviction que c'était le seul moyen de l'attacher de nouveau à sa famille, pour que nous redevenions parfaitement heureux.

J'en avais pourtant « soupé » des gosses. Deux, c'était déjà du boulot, alors trois... Mais j'étais prête à ce sacrifice pour m'attacher Simon à nouveau. Pour le reste, notre vie s'écoulait tranquillement dans le Nord. J'avais donc pensé que c'était le bon moment pour avoir un troisième enfant. Simon avait fini par accepter et, pour tout dire, peu m'avait importé qu'il se sente redevable après l'incident malheureux d'Aix-en-Provence. Il avait même paru enchanté.

À trente-cinq ans, j'étais encore en âge de procréer mais je savais que je n'avais pas de temps à perdre. Cet enfant allait cimenter notre couple, si besoin en était.

Cette fois, je n'avais pas l'intention de prendre Simon par surprise, comme je l'avais fait à l'époque pour Audrey, en arrêtant de prendre mes précautions sans lui en parler. D'autant que, vous vous en souvenez, il ne m'avait pas été facile de lui annoncer ma grossesse au bout de cinq mois, elle était devenue trop voyante pour que je continue à garder le secret. Comme je m'y attendais, Simon s'était emporté, avait beaucoup crié, m'avait injuriée avec des mots que je ne préfère pas répéter ici, et il n'était pas revenu du week-end.

Avec le recul, je me dis que cela avait été seulement un mauvais moment à passer et, en définitive, je pense que, au fond de lui-même, Simon avait été heureux d'avoir un second enfant, surtout une fille. Pendant des semaines, il avait continué à me reprocher de ne lui avoir rien dit. Je l'avais senti blessé et je m'en étais beaucoup voulu. Aussi, j'avais presque admis qu'il ne soit pas présent à la clinique Saint-Vincent-de-Paul, la nuit de l'accouchement. En revanche, j'avais été très peinée d'apprendre, en lisant la procédure, qu'il avait passé une partie de la soirée avec des prostituées. Cette information, que j'avais confiée sous le sceau du secret à la journaliste binoclarde du *Figaro* (mais les journalistes sont ainsi, on ne peut rien leur dire sans qu'ils en fassent état), a eu l'effet dévastateur que l'on imagine sur l'opinion publique. Je pense que les gens ont compris, à travers ce énième épisode, combien ma vie avait dû être douloureuse à côté de ce monstre.

Effectivement, j'aurais dû lui annoncer ma grossesse plus tôt... Mais, comme je l'ai confié à Agathe Monbaerts, qui s'est empressée de l'écrire, la traîtresse, Simon m'aurait sans doute obligée à avorter.

« Il n'y a rien de plus dur au monde, m'a-t-elle fait dire dans son journal, que de ne pas partager avec le père ce bonheur d'enfanter. »

J'avais donc demandé ce troisième enfant comme un gage de fidélité envers sa famille. Nous faisions des tentatives régulières, généralement le samedi soir. Je restais éveillée en attendant qu'il vienne se coucher. Simon avait l'habitude de regarder l'émission de Thierry Ardisson jusqu'au bout (moi, c'est le genre de programme vulgaire que je ne supporte pas). Un soir, Simon m'avait dit qu'il y avait dans l'émission « deux salopes qui le faisaient bander » et qu'il me baisait en pensant à elles. J'avais préféré ne pas réagir du moment qu'il répandait sa semence dans mon utérus.

Au moins, il ne s'était pas dérobé et il avait respecté la promesse qu'il m'avait faire après l'incident d'Aix. Il n'avait pas voulu qu'on se sépare et j'avais osé poser mes conditions : un troisième enfant.

Il fallait, bien sûr, que je l'aide un peu en le masturbant ou en le prenant dans ma bouche quand il me demandait de faire vite.

« Je suis crevé, j'ai envie de pioncer », me disait-il.

J'avais alors juste le temps de l'accueillir dans mon sexe, car il jouissait aussitôt.

Nous avions fait onze tentatives hebdomadaires (soit treize semaines, puisque Simon s'abstenait, ce qui est bien compréhensible, pendant mes périodes rouges) avant que je me décide à consulter. Pour Jérémie et Audrey, une seule relation sexuelle normale avait suffi. Je crois avoir déjà dit que j'étais une vraie « mère pondeuse ». Mais là, je ne comprenais pas pourquoi je n'arrivais à rien. Simon m'avait mis la pression, du genre : « Ça va encore durer longtemps, cette comédie ? »

Le spécialiste que j'avais fini par consulter m'avait rassurée. J'étais une vraie femme. Féconde.

« Les analyses sont formelles, madame Darget, vous n'avez aucun problème. C'est du côté de votre mari qu'il faut chercher. »

Donc, si je n'étais pas enceinte, ce n'était pas ma faute et ce médecin avait mis en cause la qualité du sperme de mon Simon.

« Avec l'âge, les spermatozoïdes s'appauvrissent. C'est fréquent, vous savez. Il faut le convaincre de faire des analyses », m'avait-il dit avec un sérieux désarmant.

Il ne connaissait pas mon Simon !

J'avais essayé de lui expliquer qu'il n'était pas facile de dire à un homme, surtout à un homme comme Simon, si fier de sa virilité, qu'il était devenu impuissant.

« C'est souvent passager, avait-il tenté de m'expliquer. Dans la plupart des cas, un traitement approprié suffit à retrouver la fertilité. Venez me revoir avec lui, je lui parlerai. Les hommes peuvent comprendre cela. »

Je l'avais assuré que je reviendrais avec mon mari.

« Il existe de réelles solutions à ces problèmes. C'est devenu très fréquent de nos jours. Dites-le bien à votre mari que ce n'est pas aussi grave qu'on le croit. »

J'avais même pris rendez-vous pour la semaine suivante, car c'était la seule façon de couper court, mais je savais bien que Simon ne viendrait jamais, car il n'avait pas de problème d'ordre sexuel...

Pour lui, ce docteur aurait été un connard. Pas été question de perdre son temps avec de pareilles imbécillités, il aurait été injurieux et vulgaire. Avec Simon, c'était peine perdue ; je savais, en sortant du cabinet médical où j'avais payé 110 euros, que je n'allais pas lui en parler, ni même essayer. Je ne pouvais que garder ce secret pour moi. J'aurais tellement préféré qu'il m'annonce que c'était moi qui avais un problème ! Les résultats des analyses qui indiquaient avec certitude que j'étais une femme normalement constituée ne me soulageaient en rien. Au contraire, ils n'avaient réussi qu'à m'angoisser davantage.

Évidemment, je n'avais rien dit de tout cela à Simon. Nous avions repris nos habitudes du samedi soir. Je crois que, au fond de moi, j'espérais encore, sinon un miracle, du moins que le docteur s'était trompé, que l'impuissance de Simon n'était que momentanée. Je priais et je promettais au Seigneur que j'irais à la messe tous les jours pendant ma grossesse s'il m'accordait ce que je désirais tant. Faut-il être idiote, quand même ! Mais il y avait en moi un tel besoin de survie, comme si notre avenir en dépendait.

Je ne peux que mesurer aujourd'hui l'erreur dans laquelle je m'étais enfoncée malgré moi.

Quand Simon m'avait rejointe, ce samedi soir, j'avais feint d'être endormie. Il avait allumé la lampe de chevet et s'était déshabillé bruyamment, comme à chaque fois. Il m'avait retournée sans douceur. J'y étais habituée. J'avais tenté de lui dire que j'avais envie de dormir, ce soir.

« Demain, s'il te plaît.

– Tu rigoles, avait-il plaisanté. Tu ne veux plus d'un gosse ? On va le faire, ce putain de gamin ! avait-il ajouté plus durement. J'ai envie de me vider les couilles, moi. »

Il avait glissé sa main rugueuse dans ma culotte.

« Merde, t'es encore rouge, s'était-il exclamé brutalement en découvrant ma serviette hygiénique. C'est dégueulasse !

– Oui, avais-je répondu, ne sachant quoi dire d'autre. Je ne sais pas ce qui se passe.

– Ce qui se passe, je vais te le dire, moi. Tu ne peux pas avoir de gosse, ma vieille. C'est fini pour toi ! »

Il avait été si blessant que je m'en souviens toujours.

« T'es plus bonne à rien. Une pauvre conne qui n'est même plus une femme digne de ce nom. On peut dire que tu m'as fait chier pendant des mois avec ton envie d'avoir des moutards. Comme si ça ne suffisait pas avec les deux autres. Et moi qui étais obligé de te sauter... Pour des prunes ! » Il s'était interrompu un instant, avant de poursuivre, haineux : « Si tu crois que je prenais mon pied ! Tu t'es vue ? Tu ne ferais même pas bander un âne. Je me demande ce qui me retient de t'envoyer balader, connasse ! »

Je n'avais pas réussi à ne pas pleurer. J'avais murmuré :

« Simon, s'il te plaît...

– S'il te plaît, quoi ? Je vais t'enculer. Au moins, là, je vois pas ta sale gueule. Et arrête de chialer. »

Et je m'étais laissé pénétrer en sanglotant, après l'avoir masturbé le temps que son sexe durcisse. Il avait enfin joui en râlant et m'avait repoussée brutalement.

« T'es bonne qu'à ça. T'as aimé ça, j'espère, parce que désormais t'auras droit à rien d'autre.

T'entends, m'avait-il soufflé à l'oreille, à rien d'autre. Ma grosse bite dans ton cul ! Et estime-toi heureuse. » Il avait ajouté en se moquant de moi : « J'ai bien compris que si je veux un fils, maintenant, il va falloir que je cherche ailleurs ! »

Mais je savais bien qu'il voulait seulement me faire mal. Il avait été si furieux de découvrir que j'étais incapable de lui donner un enfant.

Je n'avais pas dormi de la nuit. La honte et ses ronflements chargés d'alcool m'en avaient empêchée.

14.

Le lendemain, Simon nous avait emmenés déjeuner au McDonald's de la zone d'activité commerciale du Vert Pré. Jérémie était chargé de repérer et de garder une table libre. Il y a tellement de monde le dimanche midi au McDo que, si on n'opère pas de cette façon, on risque de tourner des heures avec les plateaux en main. J'avais horreur de cela. Aussi Jérémie guettait-il une famille sur le point de terminer son repas. Il devait attendre à côté de la table afin de montrer à ceux qui rôdaient que l'endroit était déjà pris. Pendant ce temps, je faisais la queue pour commander les deux menus enfants et les deux menus Big Mac avec du Coca-Cola pour nous et une bière pour Simon. Il y avait de plus en plus de Noirs au service et, d'expérience, j'avais choisi la caisse tenue par une Blanche. Croyez-moi, ça avance deux fois plus vite ! Soit dit en passant : c'est la même chose à Carrefour. Malheureusement, là encore, il y a de plus en plus de négresses aux caisses...

De ma place dans la queue, j'apercevais Simon en train de jouer avec Audrey sur l'aire de jeux. Il la tenait fermement pour l'aider à grimper sur le toboggan. Il l'attrapait au vol et il la faisait tournoyer dans les airs en l'embrassant. Audrey avait montré du doigt le tunnel rouge où ils s'étaient engouffrés pour ressortir hilares, puis ils étaient repartis vers le toboggan. Audrey en demandait encore plus, et elle avait entraîné son papa sur le trampoline. Radieux et attentif à ce qu'aucun ne se blesse, il avait attrapé d'autres petits par la main pour les faire sauter ensemble. Des parents avaient encouragé et applaudi. En chef de bande, Simon avait entraîné les enfants vers le tunnel, leurs cris de joie étaient parvenus à l'intérieur et les gens s'étaient tournés vers la petite troupe dirigée par Simon. J'avais lu dans leurs regards : « Voilà un bon papa ! » et j'avais envie de leur dire que c'était mon mari qui les amusait tant.

C'était l'image que j'aimais avoir de lui, celle d'un papa joyeux qui me faisait oublier très vite les moments difficiles, comme ceux de la nuit précédente. Je m'étais dit qu'il y avait beaucoup de bon dans cet homme et je m'étais reproché d'être parfois trop exigeante avec lui. À la réflexion, cette envie d'avoir à tout prix un troisième enfant était peut-être une erreur. Simon avait raison, je devais le reconnaître. J'aurais dû mieux comprendre qu'il n'en voulait pas vraiment, au lieu de le harceler avec cette histoire. Voilà ce que je m'étais dit ce dimanche-là, en le regardant s'amuser au milieu de tous ces enfants. Mais c'était à mon tour de commander. Par malchance, c'était une négresse qui avait pris place à la caisse et j'avais réalisé pourquoi cela avait été si long.

Dès que je m'étais assise avec les plateaux (il avait fallu que je fasse deux allers-retours), Jérémie m'avait abandonnée pour rejoindre son père et sa sœur.

J'avais été obligée de les sermonner un peu pour qu'ils viennent s'asseoir avant que ça ne refroidisse. Ils ne voulaient pas quitter l'aire de jeux. Mais il faut quand même être raisonnable dans la vie, car ils auraient été les premiers à se plaindre que les frites étaient froides !

L'après-midi, nous avions flâné dans les allées du Vert Pré ouvert le dimanche où j'avais acheté en promotion (29,90 euros) une nappe à rayures rouges et blanches de style basque. Durant toute notre promenade dans le centre commercial, Simon avait tenu mes petits par la main, se laissant entraîner par eux. J'avais pris la main d'Audrey en sortant de La Maison rustique, une boutique de décoration que j'aimais bien, et pendant quelques instants nous avions marché ainsi. Tous les quatre réunis comme une belle famille ordinaire.

Les enfants avaient eu droit chacun à une barbe à papa. D'ordinaire, je n'y étais pas favorable, considérant que le sucre n'est pas bon pour eux, mais Simon ne m'avait pas demandé mon avis. Pour une fois, j'avais fermé les yeux, car il aurait fallu que je sois folle pour m'y opposer, tellement la journée était splendide. Il faisait même soleil, ce qui, vous en conviendrez, est exceptionnel en cette saison dans le Nord.

J'étais rentrée en autobus tandis que Simon avait emmené mon fils voir Lille jouer contre l'équipe d'Auxerre, si je me souviens bien.

« Il est gentil, mon papa, hein, maman ? avait seulement prononcé ma petite Audrey en regardant la voiture sortir du parking.

– Oui, c'est un bon papa. Et il vous aime beaucoup, avais-je répondu. Nous sommes tellement heureux, mon amour.

– Je t'aime beaucoup aussi, ma maman. »

Audrey m'avait embrassée et j'avais senti de petites larmes sur ses joues. À cet instant, j'avais surtout réalisé avec certitude que Simon ne nous abandonnerait jamais. Il avait trop besoin de ses enfants.

Cette certitude ne m'avait ensuite jamais plus quittée.

Aujourd'hui, du fond de son trou, je ne sais que trop à quel point il souffre à réaliser le mépris que mes deux petits éprouvent désormais pour lui. Et jusqu'à la fin de ses jours, qu'il souffre autant qu'il m'a fait souffrir... Comme vous le savez, je n'ai rien voulu leur cacher des actes monstrueux de leur père. Ils savent tout, dans les moindres détails, sauf les plus sordides. Je ne suis pas un monstre, quand même, et ils ont bien le temps d'en prendre connaissance.

Surtout, ce que vous ne savez pas encore, j'ai tenu à ce que Simon sache que mes enfants n'ignorent rien et le haïssent. Malgré cela, il continue à leur écrire régulièrement. Des lettres que je ne prends plus la peine d'ouvrir avant de les jeter à la poubelle. Si c'est pour lire les mêmes bêtises, des regrets et des supplications de pardon, je n'ai pas de temps à perdre !

Avec Audrey, nous avions attendu le bus pendant une bonne demi-heure et il nous en avait fallu plus du double avant d'arriver à la maison.

En début de soirée, Simon avait déposé Jérémie et il était ressorti aussitôt après pour « boire un coup avec des copains ».

« Ne m'attendez pas pour bouffer », avait-il précisé, comme si je ne m'en doutais pas. Mais ce soir-là il en aurait fallu beaucoup, beaucoup plus pour me gâcher la vie...

Ainsi allait notre vie avec Simon. Quelques mois seulement après son embauche, que lui avait trouvée mon père, comme responsable logistique dans une entreprise de transport routier parmi les plus importantes de la région Nord, il avait démissionné. Comme à chaque fois qu'il quittait un bon travail, il m'avait expliqué que le patron était un connard. Mais, cette fois, il avait ajouté qu'il n'aimait pas « bosser dans un bureau comme une andouille de fonctionnaire ».

« J'ai besoin, tu le sais, de me sentir libre. J'ai ça dans le sang et c'est pas un connard qui va m'attacher à un bureau... »

À l'époque, mon père n'avait pas osé me dire qu'en réalité mon mari avait été renvoyé pour avoir harcelé sexuellement une secrétaire. Je ne cherche pas à absoudre Simon de ses fautes, il en a assez fait comme cela, mais je connais suffisamment ce genre de fille pour n'y accorder, aujourd'hui encore, que peu d'importance. Pour moi, dans ces cas-là, les torts sont souvent partagés. Les femmes qui se prétendent victimes de harcèlement sont rarement des oies blanches. Comme on dit : il n'y a pas de fumée sans feu. Elles allument et ensuite elles viennent se plaindre...

L'histoire a pourtant resurgi à l'occasion de l'enquête quand l'accusation a fait témoigner cette pauvre fille au procès.

Le procès

Me Baraguer, l'avocat de Simon, a lu au tribunal plusieurs témoignages favorables. Bon père, époux attentif, collègue compétent, copain boute-en-train, ami fidèle toujours prêt à rendre service. Il rappelle que, jeune, Simon a été pompier volontaire. Un garçon apprécié de tous. Aucun de ceux qui ont accepté de témoigner ne peut imaginer que Simon est celui qui a pu commettre ce crime abominable.

Je comprends où l'avocat veut en venir, il lui faut convaincre les jurés que l'homme qu'ils jugent n'est pas le monstre décrit par la presse. Un homme condamné d'avance.

« Son crime, affirme-t-il en marchant vers les jurés, personne ne peut le nier. Surtout pas Simon Darget. Soyez certains que l'homme que vous voyez dans le box de l'infamie, tête baissée, cet homme mesure la gravité

extrême de son acte et il a pris conscience du mal qu'il a fait. Soyez certains qu'il en portera le poids jusqu'à la fin de ses jours. Malheureusement, rien ne pourra rendre la vie à la jeune Sonia. Simon Darget doit être jugé ; il sera condamné. Il sait qu'il le mérite. Mais je vous demande de tenir compte de tous ces témoignages au moment où vous prendrez votre décision. J'ose l'affirmer ici : il y a du bon, beaucoup de bon, chez Simon Darget. Admettez que Simon Darget dont tous ont vanté les qualités humaines, admettez que cet homme ait pu un jour, un seul jour, un seul instant, perdre pied et être rattrapé par un traumatisme profond jusque-là contenu. Le verre a débordé et on ne saura sans doute jamais pourquoi. Mesdames et messieurs les jurés, je vous demande d'écarter les a priori. Ne cédez pas aux simplifications et aux raccourcis vers lesquels l'accusation veut vous entraîner. Admettez que Simon Darget n'est pas le monstre si facilement décrit. Reconnaissez, à la lumière de tous ces témoignages, qu'il mérite aussi qu'on essaie de le comprendre. »

Pendant tout ce temps, j'ai observé Simon. Je le connais si bien, le pauvre diable. Il a beau garder la tête baissée et les yeux au sol, je sais qu'il se raccroche au mince espoir de faire douter le tribunal. Il calcule déjà ses chances de diminuer sa peine. Il voudrait surtout ne plus apparaître comme un assassin monstrueux. Car ce n'est pas du regret qu'il ressent mais de la honte. Il ne supporte pas le portrait que l'on dresse de lui et il pense que Me Baraguer a rétabli la vérité. Je sais qu'il se persuade, comme tente de le démontrer son avocat, qu'il est un homme bien, qui a disjoncté à cause de vieilles et profondes blessures. Tu parles !

Moi qui ai vécu seize années avec lui, moi qui suis la seule à connaître d'autres secrets abominables, son relent d'optimisme me prend aux tripes. Je suis furieuse, haineuse presque, je ne supporte pas de sentir qu'il reprend espoir. Il ne peut quand même pas s'en tirer comme cela, sur une tirade d'avocat et grâce à des témoignages à moitié bidons ! Qu'est-ce qu'ils savent, tous ces « amis », de la vraie nature de Simon, de notre couple, de notre vie, du bon père qu'il était ?

Me Baraguer revient vers son banc et, avant de se rasseoir, s'adresse une dernière fois aux jurés sur un ton presque suppliant :

« Je vous demande seulement d'avoir le courage de refuser l'évidence. Ne joignez pas vos voix à celles des loups.

– Maître, intervient le président Laforge, ce n'est pas encore l'heure des plaidoiries !

– Bien sûr, monsieur le président, et je m'en excuse auprès du tribunal. Mais devant la force de ces témoignages qui apportent une nouvelle lumière sur ce procès et sur mon client, j'ai voulu montrer qu'il n'y avait pas que du noir dans cet homme. Effectivement, ce sera aussi le sens de ma plaidoirie.

– Nous verrons bien, maître. Car d'autres témoignages ne vont pas exactement dans le sens de votre démonstration, si bonne soit-elle. J'ordonne une suspension d'audience. Messieurs les policiers, emmenez le prévenu. »

La salle se vide et je reste seule, regardant s'éloigner la mère de la petite, soutenue par un proche qui semble lui murmurer : « Ne t'inquiète pas, il va payer, ce salaud. » Je me demande comment j'aurais réagi si j'avais été à sa place. Aurais-je eu la force d'affronter tout cela ? Que l'on présente le tueur de mon enfant comme un homme bien ?

Elle s'appelle Murielle Hébert, elle a vingt-sept ans, est secrétaire et encore célibataire. C'est donc cette brune, menue mais assez jolie, quoique plutôt quelconque, selon mes critères, qui avait accusé Simon de harcèlement et l'avait fait renvoyer. Je m'attendais à découvrir une fille d'un autre genre, si vous voyez ce que je veux dire.

La maligne s'est évidemment habillée très sobrement, avec un tailleur anthracite et un chemisier rose pâle boutonné jusqu'au menton, pour venir proférer ses saletés. Elle la joue tout en douceur, malheureuse d'être obligée de revivre « ces moments qu'elle préfère oublier ». On apprend qu'elle va bientôt se marier avec un homme « qui l'a aidée à surmonter sa dépression ».

« Je me faisais tellement horreur, explique-t-elle au bord des larmes. Je me demande encore comment j'ai pu lui céder. Accomplir tout ça sans oser refuser. Il a une telle force morale. J'étais si jeune, un peu perdue, et il en a profité. C'est un prédateur. »

Elle raconte ensuite qu'elle a préféré démissionner et partir loin de cette ville.

« Vous savez, le regard des collègues et des amis est insupportable. On a beau être une victime, les gens ne vous épargnent pas. J'ai mis des mois à me reconstruire. »

Comment ne pas croire cette frêle jeune femme, accrochée de toutes ses forces à la barre ?

Une vraie sainte nitouche qui marque des points et ébranle le défenseur de Simon, incapable de trouver des éléments convaincants pour contrer tant de candeur et d'innocence.

« Je n'ose même pas le regarder, monsieur le président. J'ai toujours peur de lui. Cet homme m'a fait tellement de mal... »

Enfin, elle s'effondre en sanglots. Son témoignage autant que ses larmes balaient les derniers arguments de la défense de Simon.

C'est alors que Simon sort de sa torpeur. Je l'avais bien observé. Jusqu'à présent il avait eu un regard fuyant, comme étranger aux accusations de la fille.

Il s'est dressé d'un coup, comme si soudain son honneur en dépendait :

« Je ne supporte pas que cette petite pute m'accuse d'attouchements sexuels, hurle-t-il. Elle vous ment. Jamais je n'ai exigé d'elle des fellations et des relations sexuelles pour qu'elle garde son travail. Jamais !

– Monsieur Darget, un peu de calme », intervient le président.

De la main, Mᵉ Baraguer fait signe à Simon de se taire. En vain, rien ne peut l'arrêter.

« C'est toi, salope, éructe-t-il, qui m'as chauffé. Souviens-toi, tu voulais coucher avec ton chef pour avoir de l'avancement. J'ai été bien con d'accepter et, ensuite, c'est parce que je t'ai envoyée balader que tu as fait tout ce scandale. Dis-leur que tu t'es aussi tapé le patron, salope ! Je le jure sur mes enfants, elle raconte des salades. Elle ment ! Cette fois, croyez-moi, supplie-t-il les jurés, je n'ai rien fait de mal à cette fille. J'ai simplement répondu à ses avances. C'est ma seule erreur. Mais quelle erreur !

– Comment voulez-vous que l'on vous croie, Darget ? Votre dossier est lourd, trop lourd ! glisse l'avocat général, un homme de forte corpulence.

– Lourd, ironise Simon, vous avez trouvé le bon mot, monsieur l'avocat général !

– Comment osez-vous plaisanter en de pareilles circonstances ? Vous n'avez donc aucune pudeur ? s'exclame-t-il en se levant, démonstratif. Regardez cette femme, Darget. Regardez ces parents, Darget. Regardez ces malheurs réunis, Darget. Et vous plaisantez ?

Jusqu'à aujourd'hui nous n'avons pas eu le moindre de vos remords, pouvons-nous espérer un minimum de dignité et de retenue de votre part? Darget, je vous le demande au nom de vos victimes : taisez-vous ou implorez leur pardon!

– Monsieur l'avocat général, dit Simon, toujours ironique, en se tournant pour la première fois vers le public, tient bien son rôle. Il est vrai que ce monsieur a vingt ans de théâtre derrière lui!»

Il s'assoit en ricanant. La Murielle sanglote, et ses larmes de crocodile emportent l'adhésion.

La mère de la petite Sonia hurle :

« Faites-le taire! Par pitié qu'il se taise!

– Arrêtez tout de suite, monsieur Darget, intervient fermement le président. Sinon, je suspends l'audience.

– Suspendez, je m'en fous! Cette pute vous a menti. Moi, je dis la vérité et personne ne veut me croire. Ce procès est une mascarade.

– Suspension!» déclare le président Laforge en frappant sur le pupitre avec son marteau.

Simon incline la tête, vaincu.

En cet instant, tassée sur mon banc, je me sens soulagée, mais tout aussi humiliée que lui.

15.

À Lille, Simon avait repris un travail de représentant (il préférait dire « commercial », mais pour moi cela signifie la même chose, une vie de saltimbanque, absent toute la semaine) dans une entreprise de matériel médical où la patronne était « folle de lui »... « Elle m'adore ! Il faut dire que je lui ramène du chiffre. »

Il ne rentrait qu'en fin de semaine et, s'il passait parfois à la maison, c'était juste le temps de prendre les vêtements propres que j'avais soigneusement préparés pour lui. Il disparaissait sans que je sache où il allait. C'était à peine s'il prenait la peine de nous adresser la parole. Il était toujours pressé. Sur les nerfs.

De nouveau, il traversait une de ces périodes où il n'y avait rien à attendre de lui, sauf du mauvais.

« Je suis à la bourre », expliquait-il aux enfants qui se précipitaient à son arrivée, et il ajoutait pour les calmer : « Papa doit aller travailler. Il faut bien ramener des sous à la maison ! »

Et il s'échappait après les avoir embrassés si tendrement qu'il leur laissait l'impression de ne pas vouloir les abandonner.

Ces explications semblaient leur suffire, car ils avaient fini par s'accommoder de ses longues et fréquentes absences.

Je me demande encore comment nous pouvions supporter cette vie, si ce n'est par la force de l'habitude. Et aussi parce que, régulièrement, il restait pendant tout le week-end et gâtait les enfants plus que de raison. Ces moments rares effaçaient leur déception. Mes enfants donnaient l'impression d'être heureux d'avoir leur papa rien que pour eux. Dans ces moments-là, je restais volontairement à l'écart, m'excluant de leur complicité et de leurs jeux car je savais que l'équilibre de notre famille en dépendait : il était si fragile que, pour rien au monde, je n'aurais voulu qu'il s'effondre. Aussi, je restais discrète, les laissant filer sans moi au McDonald's en prétextant des travaux domestiques et je ne quittais pas l'appartement de la journée.

J'étais tranquille, juste peinée au souvenir des dimanches passés ensemble autrefois.

Finalement, nous avions trouvé un rythme de vie qui, à défaut de nous satisfaire, nous convenait, aux enfants et à moi.

Quoi que vous puissiez penser, je l'affirme ici, en bonne mère que j'étais et que je suis, mes enfants n'étaient absolument pas perturbés par cette situation, comme ils ne le sont pas actuellement. Sinon, comment une mère digne de ce nom pourrait accepter que ses enfants soient malheureux? Croyez-moi, on peut me reprocher bien des choses, comme à tout le monde, mais pas d'être une mauvaise maman. Et admettez que je n'y suis pour rien si leur père est un monstre!

Le dimanche, j'en profitais donc pour m'occuper de son linge. Je lavais et je repassais. Je me demandais où il pouvait bien traîner tellement les vêtements qu'il me rendait étaient sales et froissés. J'évitais de poser des questions de crainte qu'il ne se fâche et nous abandonne en pleine journée.

Je reconnais volontiers qu'il m'arrivait de regarder dans ses poches car il y oubliait parfois des billets. Un jour j'avais trouvé un billet de cinquante euros... Il n'y a rien de plus agaçant que ça. L'argent n'est pas si facile à gagner de nos jours pour qu'il passe à la machine à laver! Ce genre de négligence me met hors de moi.

Tout cela pour expliquer pourquoi je vérifiais ses poches et ne croyez surtout pas que j'imaginais autre chose, ce n'est pas mon genre. Je ne suis pas de ces femmes qui cherchent des preuves compromettantes dans les poches de leur mari.

Si c'est pour que ça conduise au divorce... non merci !

Un couple doit être basé et se construire sur une confiance mutuelle. Quand on commence à soupçonner l'autre, cela veut dire que le couple est bancal. Et à cette époque, malgré quelques orages passagers (mais quel couple n'en a pas ?), je n'avais aucune raison de le penser.

Bref, au hasard d'une inspection méthodique des poches de sa veste verte de costume, j'avais trouvé une adresse à Valenciennes, griffonnée de la main de Simon au stylo rouge sur un bout de papier : 3 av. des Carpes, et deux petites lettres : *m. l.* Sans doute le nom d'une personne, un client, probablement.

J'ai glissé le petit papier dans le tome I des œuvres complètes d'Honoré de Balzac, reliées cuir. Il n'y avait aucune chance que Simon le découvre puisqu'il ne lisait pas, et surtout pas de la grande littérature. Jamais je ne l'ai vu prendre un livre de sa vie, et il s'en vantait un peu bêtement, je l'avoue, même si c'était pour faire un bon mot qui provoquait l'hilarité générale de son public, des imbéciles qui l'écoutaient benoîtement.

« Balzac, je croyais que c'était l'avant-centre du L.O.S.C., avait-il plaisanté devant trois de ses collègues et leurs épouses, venus prendre l'apéritif un samedi soir à la maison. Heureusement que j'ai une femme très intelligente ! Il faut se les fader, les vingt-cinq volumes. Et c'est écrit tout petit en plus ! » Et il avait ajouté devant nos amis hilares : « C'est un malin, ce Balzac, il a réussi à fourguer la totale à ma femme, sans une petite remise. Moi, en bon commercial, je lui aurais fait 15 %. Lui, que dalle ! »

Avec moi, il avait été plus dur quand il m'avait reproché cet achat. Pourtant, je jure que je lui en avait parlé mais il disait qu'il ne s'en souvenait pas, que je mentais.

Croyez-moi, je n'aurais jamais fait un achat de cette importance, 1 200 euros au total, sans son accord.

J'avais fait l'acquisition de « l'œuvre complète du plus grand auteur français du XIXe siècle » auprès d'un monsieur d'une cinquantaine d'années, qui s'était présenté un après-midi. Il m'avait montré sa carte de professeur honoraire à l'Institut d'études des lettres françaises. Il m'avait convaincu qu'il s'agissait d'un placement exceptionnel : « C'est un investissement sur plusieurs générations, m'avait-il expliqué très sérieusement, vos petits-enfants récupéreront un trésor. » Il s'agissait d'une édition originale numérotée et enluminée aux fils d'or.

« Même si vous la vendez dans un an, ce que je ne vous souhaite pas, vous ferez déjà une plus-value de 50 %. Ces livres rares sont très recherchés par les collectionneurs d'ouvrages anciens. 50 %, c'est autre chose qu'un plan d'épargne logement ! »

J'étais conquise mais il fallait d'abord que j'en parle à mon mari.

Le monsieur avait répondu :

« Bien sûr, madame, mais je tiens à vous mettre en garde. Dépêchez-vous car il s'agit d'une édition à tirage limité. Je ne peux vous garantir une option prioritaire que jusqu'à mercredi prochain. »

Nous étions convenus d'un rendez-vous et il m'avait laissé un exemplaire à titre de démonstration.

« Votre mari sera convaincu », m'avait-il assuré.

C'est pour cela que je peux affirmer avec certitude que j'en avais parlé à Simon. Peut-être, comme à chaque fois, n'y avait-il pas prêté beaucoup d'attention, peut-être était-il trop occupé à faire sa valise. Mais je jure que je lui en avais parlé.

En réalité, le monsieur m'avait fait une réduction de 200 euros et offert en cadeau le premier tome de l'œuvre complète de Victor Hugo. Je m'étais donc engagée pour seize mensualités de 75 euros, à raison de deux ouvrages par mois.

J'avais rangé les beaux livres dans la bibliothèque vitrée en merisier du salon, offerte par mes parents, mais Simon ne s'en était aperçu qu'au bout de six mois, au treizième volume. J'avais dû lui rappeler les conditions de l'achat et cela l'avait rendu furieux.

« 75 euros par mois pour ces merdes ! T'es complètement tarée ! »

Dans ces moments-là, il valait mieux faire profil bas et laisser passer sa colère sans protester.

« Et maintenant, qu'est-ce qu'on va faire avec toutes ces conneries ? m'avait-il demandé, hors de lui. Tu te démerdes, mais je ne paierai plus, s'était-il lamenté en prenant les enfants à témoin. C'est pas possible d'être marié à une conne pareille ! »

Ce fut ensuite toute une histoire pour essayer de faire annuler la commande auprès de la société Encyclopédia littéraire, boîte postale 1245, Roubaix cedex. Simon avait eu beau bloquer les versements mensuels, les livres continuaient à arriver avec régularité, deux par mois. Il renvoyait les livres, qui revenaient par retour du courrier. C'était infernal. Cette magnifique collection était devenue un motif permanent à ses colères et il quittait la maison encore plus souvent que de coutume.

Ensuite, il avait fallu faire face aux relances de l'huissier, un certain Me Gandolfi, mais Simon avait continué à s'obstiner, à ne pas vouloir payer.

Il les avait menacés par courrier d'informer l'émission *Sans aucun doute* de Julien Courbet, sur la première chaîne. Mais il n'avait eu aucune réponse, aussi bien de la société que de la télé. Résultat, il était encore plus en rage.

« C'est un connard, ce Courbet. » Et il avait écrit pour l'injurier.

C'était devenu invivable, aussi je m'étais acquittée de la somme en cachette et j'avais fini par dissimuler les livres dans une caisse en carton rangée à la cave. Le jour où Simon les avait découverts, il avait vendu la collection complète chez un soldeur de la rue Escoffier, 210 euros.

« Il me l'a pris au poids », avait-il dit pour se venger. Il y avait longtemps qu'il n'avait pas été aussi haineux envers moi. « Ne me refais jamais un coup pareil, sinon, tu le regretteras. »

Pourquoi fallait-il qu'il me parle aussi méchamment devant mes enfants ?

Simon avait conservé les 210 euros et, comme d'habitude, nous n'en avions plus jamais reparlé.

Le petit papier était resté dans le tome I. Sans doute quelqu'un l'avait-il trouvé et s'en était débarrassé. Mais je me souviens bien des mots griffonnés de la main de Simon, « 3 av. des Carpes » et les deux initiales *m. l.*, parce que j'ai lu chez mon coiffeur, dans *La Voix du Nord*, qu'une jeune lycéenne de dix-sept ans avait été découverte violée et laissée pour morte à cette adresse.

Un homme cagoulé s'était introduit de nuit dans le petit studio où vivait seule la jeune fille, du nom de Marie-Lucie, en grimpant au deuxième étage par la gouttière.

J'ai appris plus tard que la jeune fille était décédée des suites du coup trop violent reçu à la base du crâne. Les médecins, comme on dit dans ces cas-là, n'avaient rien pu faire pour la sauver.

L'article précisait que l'enquête s'orientait vers les relations de la jeune fille. Ma première réaction avait été de me demander comment des parents dignes de ce nom pouvaient laisser vivre seule une gamine d'à peine dix-sept ans. Après, on s'étonne qu'il lui arrive des bricoles.

Le journal indiquait aussi que la jeune Marie-Lucie était fille unique. Les pauvres parents avaient déjà perdu deux fils dans un accident de la circulation, trois ans plus tôt. Vraiment, il y a des gens qui n'ont pas de chance dans la vie, qui sont vraiment doués pour le malheur!

Pratiquement du jour au lendemain, Simon s'était mis à ne plus supporter le Nord, surtout son climat. Il est vrai qu'il faut aimer le crachin et l'humidité pour vivre dans cette région dont je suis pourtant originaire...

Non seulement j'avais été immédiatement d'accord avec lui, mais j'avais accéléré les choses. Il le fallait.

Un soir, à ma surprise totale, Simon s'était mis à pleurer. C'était la première fois que je le voyais ainsi. Aussi vulnérable. Il sanglotait sans donner la moindre explication.

J'avais alors tenté de le réconforter en le prenant dans mes bras : « Mon pauvre Simon... »

Il s'était écarté, comme s'il avait soudain réalisé qu'il venait de trahir ses faiblesses.

« Ne m'appelle jamais " mon pauvre ". T'entends ? Jamais. »

Il était sorti peu après et il n'était revenu que le dimanche matin.

J'avais seulement compris qu'il était urgent de fuir cette région trop pluvieuse.

Il m'avait suffi d'à peine deux mois et demi pour organiser notre déménagement à Laval, une ville moyenne, à la réputation tranquille.

Cette fois, au lieu de louer, Simon avait décidé d'acheter.

« Il est temps de se poser, m'avait-il dit. Je sens qu'on va être bien ici. »

Je ne vous raconte pas dans quel état était le pavillon du Clos des hêtres, sale, mais sale... Les gens n'ont vraiment pas honte ! Un exemple, parmi des dizaines, j'avais trouvé des Coton-Tige usagés sous le tapis que les précédents propriétaires avaient laissé dans le salon. Inutile de vous dire que j'ai immédiatement jeté tout ça !

Nous étions chez nous, propriétaires pour la première fois (d'un pavillon, surtout !), et j'avais le sentiment que tout était encore possible.

Simon avait bien dit : « Il est temps de se poser », non ?

Loin du Nord, les nuages s'étaient dissipés une nouvelle fois et j'avais repris espoir. Mon mari était toujours là, mes jolis enfants grandissaient gentiment, nous avions un chez-nous et vous savez à quel point j'avais le goût de la décoration d'intérieur...

16.

Ce dimanche matin-là, je m'étais levée de bonne heure et j'avais constaté avec satisfaction que la météo ne s'était pas trompée (d'expérience, je sais qu'il faut toujours se méfier des prévisions, surtout les plus optimistes). Comme cela était annoncé depuis deux jours, la journée allait être belle. En ouvrant les volets de la cuisine, j'en avais éprouvé une grande satisfaction, une vraie bouffée d'oxygène, une sorte de récompense après plusieurs journées plutôt tendues, *speed*, comme disent mes enfants.

Principale conséquence de ce beau temps annoncé : nous allions pouvoir déjeuner sur la terrasse comme je l'avais prévu, et au moins, nous n'allions pas trop salir à l'intérieur. Je ne vous dis pas dans quel état j'aurais retrouvé ma maison s'il avait plu, avec tous ces gamins qui courent partout.

J'avais tellement besoin que cette journée soit réussie que je m'étais mis bêtement la pression.

L'organisation de la première communion de ma fille, Audrey, m'avait pris la tête depuis des semaines, depuis que j'avais convaincu Simon d'en faire une belle fête de famille avec nos enfants, leurs grands-parents et quelques amis. Il y avait si longtemps que nous n'avions pas été réunis ! Simon avait fini par accepter à condition que je me charge de tout, car avec son travail, il n'avait pas le temps, étant encore et toujours sur les routes du grand Ouest. Moi, au contraire, « j'avais qu' ça à foutre ».

J'avais tellement envie de réussir cette journée que tout avait fini par prendre des proportions démesurées : les invitations, le menu, la pièce montée, la robe d'Audrey, la météo, jusqu'à la crainte imbécile que Simon ne soit pas là. Une crainte stupide car il n'aurait jamais raté la première communion de sa fille. On peut reprocher bien des choses à cet homme, mais certainement pas de ne pas avoir aimé ses enfants. À sa façon, il leur donnait beaucoup d'affection et je dois reconnaître que mes enfants étaient très attachés à leur père. Malgré ses absences, en dépit de ses colères et de ses sautes d'humeur qui nous empoisonnaient régulièrement la vie, il avait le don de s'en faire aimer.

Cela doit être d'autant plus dur pour lui, aujourd'hui, qu'il en est séparé à jamais. Il a tellement déçu ses enfants... Dois-je vous rappeler que mes enfants le haïssent désormais ?

La messe avait été fixée à 10 heures précises, mais Audrey devait être à l'église Sainte-Clotilde une demi-heure avant. Il n'y avait donc pas de temps à perdre ce matin-là.

Nous avions fait de notre mieux pour ne pas réveiller Simon mais l'agitation de la maison l'avait sorti du lit un peu avant 8 heures. Une exception, car d'ordinaire il ne se levait jamais avant 10 ou 11 heures. Pour une fois il était souriant au réveil, il avait embrassé les petits, et dit à Audrey :

« Va vite mettre ta robe pour que papa voie comme tu es belle, mon amour. »

Audrey était revenue toute fière et Simon l'avait serrée de toutes ses forces.

« Une vraie poupée de porcelaine, s'était-il exclamé. Voilà la plus jolie fillette de la journée !

– Je ne suis pas une fillette !

– Non, une petite femme. Ma petite femme à moi. »

C'est vrai qu'elle était jolie, ma fille, dans sa robe immaculée. Grande, mince et brune comme son père. C'est fou comme elle lui ressemblait, ce matin-là, avec ses cheveux tirés en arrière.

Simon était gai, détendu comme jamais. Il s'était habillé en sifflotant. Costume gris anthracite de chez Thierry Frères, chemise blanche, cravate rouge avec de fines rayures bleu pâle, chaussettes blanches et mocassins de cuir noir.

Ginette, ma belle-mère, nous avait rejoints à la maison et avait eu ce commentaire perfide :

« Il a de l'allure ton mari. Quel bel homme, mon fils. Tout le portrait de sa mère ! C'est pas étonnant qu'il plaise autant à toutes ces dames, avait-elle ajouté en rajustant sa cravate. Hein, mon fils que tu as du succès ?

– Toutes folles de moi, même les moches ! » avait-il répondu sur le ton de la plaisanterie.

La mère et le fils s'étaient tournés dans ma direction et j'avais ri de bon cœur avec eux.

Je me demande comment elle aurait réagi si je lui avais balancé ce que Simon m'avait confié à Lille. Sûr, elle aurait moins fait la fière. Mais je n'avais vraiment pas envie de gâcher cette belle journée…

En toute franchise, j'étais euphorique et heureuse, ce matin-là, et je n'avais pas l'intention que ce sentiment de bonheur me quitte de la journée. Alors, Ginette pouvait m'envoyer des piques tant qu'elle voulait… j'en avais rien à faire !

J'avais évidemment eu droit à des réflexions sur ma robe achetée pour l'occasion. En dépit de ses remarques désobligeantes, je me trouvais, en réalité, très élégante, comme me l'avait confirmé la vendeuse de chez Promod. Ma robe, imprimée de vert, blanc et rouge, descendait à mi-mollet. Ginette s'en était moquée :

« Vous êtes très à la mode, ma chère. Et quand on a de belles jambes, il faut les montrer… »

Je sais bien que j'ai les jambes un peu fortes, mais de là à me le faire remarquer... Quelle méchante, cette femme ! Elle avait aussi fait des réflexions sur mon chapeau de couleur crème, orné de fleurs blanches et bleues.

« Je ne savais pas que c'était carnaval aujourd'hui !

– Mais tu vas lui foutre la paix, maman, était gentiment intervenu Simon. Bon, d'accord, ça fait un peu carnaval, mais c'est pas tous les jours fête ! »

À nouveau, j'avais éclaté de rire (ce qui était inhabituel chez moi) à la remarque de Simon, rien que pour la faire suer, elle. Tous les deux m'avaient dévisagée, surpris.

« Regarde comme elle est contente, avait commenté Simon en me désignant à sa mère. Alors, arrêtez de vous chamailler toutes les deux ! »

Comme si c'était moi qui avais cherché querelle à sa « petite maman chérie »... Tu parles, une vraie saleté, cette femme !

Mais, je le répète, peu m'importait. Il y avait longtemps que je n'avais pas été aussi heureuse et cette journée qui s'annonçait si merveilleuse ne faisait que commencer.

À l'exception de Simon, nous avions tous communié.

Même cette garce de Ginette. Pourtant, la liste de ses péchés devait être longue comme le bras.

Moi, à sa place, je me serais abstenue, vu la façon dont elle se comportait avec son cocu de mari. Vous vous souvenez qu'elle m'avait confié, à l'époque où nous habitions à Aix-en-Provence, qu'elle couchait avec tous ceux qui se présentaient, le dernier en date étant un maçon espagnol « membré comme un taureau », selon ses propres mots, quelle classe ! Je ne pouvais qu'avoir de la compassion pour ce pauvre Martin, toujours si attentionné avec sa femme et pourtant « cocu de chez cocu » comme disent les jeunes.

À le voir aussi résigné, falot, cela m'étonnerait fort qu'il ait pris lui aussi des libertés avec son couple, quoi qu'en dise Ginette. Martin n'était pas ce qu'on appelle un don Juan !

Bien sûr, ce n'était pas le jour à l'informer des infidélités de sa femme mais, franchement, celle-ci aurait pu avoir un peu de décence à l'égard du bon Dieu. J'aimais bien cet homme qui me semblait toujours sur la retenue, jamais vraiment heureux. Il faut avoir une sacrée déveine pour avoir épousé une pareille grue. J'avais prié pour lui (c'était la moindre des choses), et je m'étais demandé s'il savait que sa femme était une salope. « Salope », c'est comme cela que j'appelle ce genre de femme, moi.

Probablement fermait-il les yeux, car comment peut-on vivre aussi longtemps avec quelqu'un sans se douter de rien ? Mais il donnait le change avec cette pointe de mélancolie que je devais être la seule à ressentir.

Il est vrai que, dans la vie, on finit par s'habituer au pire, comme on s'habitue à un canapé moche dans un salon. Ce n'est que lorsqu'on le change qu'on réalise qu'on a vécu des années avec une horreur !

S'apercevant que je l'avais regardé, Martin m'avait souri tendrement, d'un air de dire : « Ah, la belle journée ! » J'en avais été (presque) émue aux larmes.

Si j'ai bonne mémoire, je crois pouvoir affirmer que Simon n'était pas revenu dans une église depuis notre mariage.

« L'église et les curaillons, c'est pas mon truc, m'avait-il dit un jour de Noël où j'avais proposé qu'il nous accompagne à la messe de minuit. Qu'est-ce qu'on peut se faire chier avec toutes leurs simagrées à la con ! » Il n'en démordait pas : « Dieu n'existe pas, sinon il n'y aurait pas autant de saloperies sur terre. »

Je n'avais pas insisté et, quand nous étions rentrés de la messe, Simon n'était plus là. Avant de les coucher, j'avais prié avec les enfants pour « le salut de son âme ». Il fallait bien que mes enfants sachent que leur père n'était pas un bon catholique, non ?

Il n'était revenu qu'au petit matin, avec de nouveaux cadeaux. Une poupée Barbie pour Audrey et une panoplie de mousquetaire pour Jérémie. Cela avait suffi à les apaiser et nous avions passé une journée de Noël délicieuse. À ce jour, je n'ai toujours pas compris comment il s'était procuré ces cadeaux en pleine nuit, et qu'il ait fait des achats sans m'en parler.

Quelle belle messe de première communion nous avions eue ! Avec le chœur des jeunes filles de la paroisse qui avait chanté avec tant de foi et de pureté, en particulier l'*Ave Maria* de Gounod quand nous avions partagé le corps du Christ. Je ne voudrais pas non plus oublier le *Kyrie* entonné en canon. J'en frissonne encore ! C'était tellement beau que tous les regards s'étaient portés sur un groupe d'une dizaine de jeunes filles que je connaissais toutes par leur prénom pour fréquenter régulièrement la paroisse à cette époque. Rassurez-vous, je n'étais pas de ces « grenouilles de bénitier » qui font le catéchisme et je n'allais pas tous les dimanches à la messe. En revanche, je participais, un après-midi par semaine, à la collecte des vêtements et des jouets en faveur des plus démunis. Il fallait trier, repasser, recoudre (ma spécialité, reconnue de toutes ces dames) et (surtout) jeter les vêtements les plus usagés qui, entre parenthèses, représentaient la majorité des dons. Vous ne pouvez pas imaginer la quantité de saletés dont les gens se débarrassaient pour se donner bonne conscience. Ils ne prenaient même pas la peine de les passer à la machine et les apportaient en vrac, pleins de merde. Croyez-moi, il ne fallait pas avoir un odorat sensible !

À désespérer de la race humaine. À leur place, j'aurais eu honte...

Les jeunes filles répétaient les mercredis après-midi sous la direction de l'abbé Guyart, et accompagnaient ainsi de façon très plaisante notre travail, utile mais un peu fastidieux. C'est ainsi que j'avais fini par les connaître par leurs prénoms.

Toutes plus mignonnes les unes que les autres, elles avaient chanté en se plaçant en arc de cercle. La jeune Sonia, je m'en souviens très bien, était la troisième en partant de la droite, entre Eugénie, une petite ronde avec plein de boutons d'acné assez disgracieux sur le visage, et Hélène, la fille aînée de nos voisins, les Gandin.

Quand elle poussait sa voix, la pointe de ses gros seins perçait à travers son chemisier blanc trop ajusté. Cela n'avait pu échapper à personne : cette petite allumeuse ne devait pas porter de soutien-gorge. Et après on s'étonne qu'il leur arrive des bricoles. Ces gamines sont inconscientes, et leurs parents plus encore.

À la fin de la cérémonie, les familles s'étaient attardées de longues minutes sur le parvis. « Le

Seigneur nous a donné une belle journée », avait dit l'abbé Guyart en guise de conclusion.

En bonne organisatrice, j'avais rassemblé toute la famille et mes invités sur le côté des marches afin que nous partions tous ensemble à la maison. Nous n'attendions que Simon et Audrey, ma jolie petite communiante. Je les avais enfin trouvés près de la sacristie en train de discuter avec Gandin, qui ressemble tellement à un nigaud au sourire niais, sa grande fille Hélène et la jeune Sonia.

Je me souviens que Simon tenait fermement Audrey par la main et qu'il l'avait lâchée en m'entendant l'appeler. Ma petite en avait aussitôt profité pour rejoindre ses copines.

Quand je m'étais approchée, j'avais entendu Gandin demander à Sonia si elle suivait des cours de chant.

« Sinon, tu devrais car tu as une très belle voix.

– Merci, monsieur. »

Je me souviens surtout que les seins de la fille pointaient outrageusement sous le nez de ces deux grands couillons. Je m'étais contentée de l'embrasser et d'ajouter :

« Vous avez toutes chanté magnifiquement, nous avions tous les larmes aux yeux. »

Ça fait toujours plaisir.

« Merci, madame », avait répondu la petite allumeuse en faisant gonfler ses seins avec indécence.

Quand je réalise que, quelques heures plus tard, elle n'allait plus être de ce monde...

Nous étions quinze à table : mes parents, ceux de Simon, ma sœur Béatrice, son mari, Jean-Paul, et leurs deux adolescents, un peu idiots comme tous les adolescents, arrivés de Paris le matin même, nous quatre, nos amis les Devèze et leur fils Antoine, le meilleur ami de Jérémie.

J'allais oublier mémé Suzanne que je n'avais pas revue depuis notre mariage (vous aurez compris qu'elle ne me manquait pas...). Elle avait bien vieilli, la pauvre femme, mais elle était toujours aussi grande gueule que sa fille, jamais contente et toujours à la ramener, c'était très pénible. Comme on dit : « Les chiens ne font pas des chats. » Elle était aussi chiante (excusez-moi d'être vulgaire mais je ne trouve pas d'autre mot) que sa fille. Mémé Suzanne a été emportée six mois plus tard par un cancer généralisé foudroyant. Elle est partie en un mois et j'ai toujours pensé que l'acte monstrueux de Simon n'y était pas étranger. Elle « adorait » son petit-fils et elle lui donnait de l'argent chaque fois qu'il lui en demandait. J'avais vu à la télévision, dans l'émission de ce médecin que j'adore (pardonnez-moi, j'ai pas son nom en tête), que le cancer se déclenche souvent à la suite d'un choc psychologique. Sûr, la vieille peau en est morte !

Rien, absolument rien, je l'affirme, ne pouvait laisser présager ce qui s'est passé par la suite. Au contraire, Simon était en pleine forme, prêt à s'amuser avec les grands comme avec les petits. C'était lui qui mettait de l'ambiance. Il s'était changé. « Je suis plus à l'aise en jean avec ma vieille chemise canadienne », avait-il expliqué, le sourire aux lèvres. Avec le recul, j'ai beau chercher, j'ai beau fouiller dans ma mémoire, je ne trouve rien, absolument rien. Sauf que la journée était belle et heureuse, comme je l'avais tant espéré.

Simon avait ouvert deux bouteilles de champagne à l'apéritif, en faisant sauter les bouchons dans le jardin du voisin comme Audrey le lui avait demandé, et nous étions passés à table à l'heure précise que j'avais prévue. Je passe rapidement sur le menu, foie gras du Périgord amené par ce pauvre cocu de Martin, saumon fumé de Norvège, gigot d'agneau et haricots blancs cuisinés maison, et plateau de fromages.

Côté boisson, nous avions presque fini de vider les deux cubis de cinq litres de bordeaux supérieur servis en carafes.

Dans une fête, quelle qu'elle soit, on pouvait faire confiance à Simon pour faire monter l'ambiance.

Il nous avait fait rire avec des blagues un peu crues, il s'était gentiment chamaillé sur la politique avec son père et surtout avec son beau-frère qui, comme tous les Parisiens, se prétendait socialiste.

« C'est sûr, quand on a le cul bordé de nouilles, lui avait lancé Simon, c'est facile de voter socialo. »

Allusion à leur appartement de 120 mètres carrés dans le 15e arrondissement, que Jean-Paul avait obtenu par piston auprès de la mairie de Paris, appartement au loyer avantageux qui donnait régulièrement à Simon l'occasion de taquiner Jean-Paul.

« J'espère pour toi qu'il ne faut pas coucher pour l'obtenir ! Il paraît qu'il n'y a que des tarlouzes à l'Hôtel de Ville ! Tu dois avoir mal au cul à force de payer ton loyer, ma mignonne ! »

C'était sa plaisanterie favorite.

« Salaud d'homophobe !

– Que tu es gentille… »

Ne croyez pas que tout cela était sérieux. Cela faisait des années qu'ils s'amusaient avec ce genre de blagues. Et ils pouvaient continuer longtemps tellement ce rituel mettait toute la famille en joie. Les enfants en premier… Ensuite, nous avions repris ensemble de vieilles chansons des années 80 que Simon connaissait par cœur. Franchement, la vie ne mérite-t-elle pas d'être vécue pour des moments comme ceux-là ? Ces moments où on oublie tout ce qu'on a pu supporter, endurer, même le pire.

Il était déjà plus de 3 heures et je n'avais pas oublié qu'il fallait aller chercher la pièce montée chez Taillandier, à mes yeux le meilleur pâtissier du coin. D'autant que j'avais déjà payé 45 euros de caution pour le gâteau.

« Je suis trop bourré, avait tenté Simon pour y échapper.

– Papa, s'il te plaît, avait supplié Audrey.

– Il n'y a pas de vraie communion sans pièce montée, avait ajouté Ginette, sa conne de mère.

– Vous n'avez pas assez bouffé, bande de goinfres ! »

J'y serais volontiers allée mais, comme vous le savez, je ne savais pas conduire (j'ai passé mon permis, que j'ai eu du premier coup, après notre divorce).

Simon avait résisté pour la forme, peut-être tout simplement pour nous entendre scander en chœur, en tapant des mains : « La pièce montée ! La pièce montée ! La pièce montée !

– O.K., j'y vais.

– Je t'accompagne, avait proposé Jean-Paul.

– Ah non, pas un pédé ! avait plaisanté Simon avant d'ajouter : Allez on y va. Mais je conduis ! J'ai pas confiance avec un Parigot.

– Tête de veau ! » avait répondu en écho Jean-Paul.

Les deux hommes s'étaient éloignés vers la rue Pierre-Lescot où était garée notre Renault 21 achetée d'occasion. Chez son nouvel employeur, Simon n'avait pas eu droit à une voiture de fonction mais seulement à des indemnités kilométriques. Il trichait un peu (beaucoup) sur le nombre de kilomètres parcourus car (il n'avait pas tort) « il se faisait suffisamment baiser comme ça par les patrons ».

« Faites gaffe à la flicaille, leur avait crié Martin.

– Pas de problème, fais plutôt chauffer le calva, papa », avait répondu Simon en refermant la porte d'entrée.

Jean-Paul était revenu seul quelques secondes plus tard. Il téléphonait sur son portable. Il avait mis la main sur l'écouteur pour nous expliquer :

« C'est le boulot...

– Même le dimanche, ils ne le lâchent pas, avait expliqué ma sœur Béatrice.

– Simon n'a pas voulu attendre, il est parti tout seul », avait ajouté Jean-Paul.

J'avais alors remarqué que Simon avait oublié son portable sur la table.

Voyez à quoi a tenu la vie de la petite Sonia : à un appel téléphonique reçu au mauvais moment, à l'impatience de Simon. Peut-être aussi lui aurait-elle échappé si Simon était parti quelques minutes plus tôt, ou quelques secondes plus tard. Décidément, à quoi tient mon malheur... Je n'arrive pas à admettre qu'il soit dû à un si mauvais concours de circonstances. Mais c'est pourtant la seule vérité.

Une heure plus tard, Simon n'était toujours pas revenu. Les Devèze étaient partis les premiers car Antoine avait des devoirs à finir. Ils avaient donné le signal du départ. Un s'en va, les autres suivent... Jean-Paul était reparti sur Paris avec les siens et mes parents sur Périgueux.

Simon était rentré vers 7 heures en tenant la pièce montée.

Il avait expliqué que le gâteau n'était pas prêt, et qu'il s'était engueulé avec Taillandier qui avait refusé de le rembourser.

« Je t'interdis de retourner chez ce connard », m'avait-il ordonné.

Ensuite il avait crevé et, comme il avait oublié son portable, il n'avait pas pu nous prévenir.

« C'est la déveine, mais sauf ces petits incidents de dernière minute on a vraiment passé une belle journée. » Il avait embrassé tendrement Audrey et avait ajouté : « Enfin... Nous aurons chacun une plus grosse part de gâteau ! »

Ginette avait critiqué les artisans d'aujourd'hui en nous prenant à témoin : « Qu'ils ne viennent pas se plaindre s'ils perdent des clients... »

Simon était aussitôt monté se changer.

J'avais retiré sa chemise canadienne de la machine où il l'avait déjà jetée. J'espère que vous ne pensez pas que je l'avais fait intentionnellement, même si j'avais remarqué des taches de terre et de sang sur le côté, en bas à gauche. Je voulais d'abord faire une lessive de blanc à 60°. Et sa chemise canadienne se lave à seulement à 40°. Ce n'est pas ma faute si les policiers l'ont découverte là où je l'avais déposée : au fond du panier à linge sale, sous les jeans et les serviettes...

Le procès

La suite des débats s'est égarée sur les circonstances qui ont accompagné les premiers jours de la disparition de la petite Sonia. Rien de très palpitant, reconnaissons-le.

Malgré l'insistance angoissée des parents, la police, comme souvent dans de pareilles affaires de disparition d'adolescente, avait d'abord privilégié la thèse de la fugue, classique chez une adolescente un brin difficile. L'affaire était restée confidentielle et, personnellement, je ne l'avais apprise que le mercredi après-midi à la paroisse où nous avions à trier un important arrivage de vêtements.

En mai, les gens se débarrassent de toutes leurs saloperies de l'hiver et vous n'en reviendriez pas de voir la quantité de choses que nous avions à jeter. Ce qui restait de potable : (le dixième à peine) partait au Bénin.

Depuis plusieurs années, notre paroisse aidait les fidèles de l'église Sainte-Clotilde de la capitale de ce pays pauvre d'Afrique noire. L'année précédente, nous avions organisé une petite exposition photographique dans la nef de l'église et nous nous étions bien amusées quand quelques-unes d'entre nous avaient reconnu leurs vêtements sur ces malheureuses femmes de couleur, qui souriaient à pleines dents, leur petit nègre attaché dans le dos. C'est incroyable comme il ne leur en faut pas beaucoup pour être heureux dans ces pays-là. À se demander si ce n'est pas eux qui ont raison avec notre course effrénée à la consommation et au gaspillage.

Mais c'est un autre débat et revenons au procès.

Les policiers racontent qu'ils ont mené trois pistes en parallèle : celle de la fugue, de l'accident et celle de l'enlèvement criminel, se défendant d'avoir négligé l'enquête.

« Une quarantaine d'hommes étaient mobilisés sur cette affaire, explique le commissaire Serge Valentin. Nous avons interpellé les délinquants sexuels répertoriés dans le département et nous avons procédé à une enquête de voisinage très précise. Sans aucun résultat : la petite s'était volatilisée. S'il n'y avait pas eu la ténacité des parents qui refusaient la thèse de la fugue, nous aurions peut-être levé le pied, en attendant qu'elle finisse par se signaler. Car ces gamines fugueuses ne restent pas longtemps sans donner des nouvelles. »

Deux policiers en civil avaient sonné à la maison le vendredi matin, mais qu'est-ce que je pouvais leur dire ? Que je gardais une chemise tachée de sang de mon mari dans la corbeille de linge sale ? Que j'étais angoissée et effrayée comme jamais ?

Oui, je connaissais Sonia qui chantait dans la chorale. Oui, j'avais entendu dire qu'elle se disputait fréquemment avec sa mère. Oui, je partageais leur avis : elle avait sans doute fugué et elle allait vite reparaître. Oui, on peut s'attendre à tout avec une adolescente, surtout quand elle est un peu perturbée.

Je leur avais confirmé que nous vivions dans un quartier très tranquille et que je n'avais jamais entendu parler du moindre problème, jamais aperçu de rôdeurs.

J'aurais voulu en savoir plus et je leur avais proposé du café, que je tenais toujours au chaud. Ils avaient décliné mon offre car ils avaient « toute la rue à se taper » avant midi. J'avais osé demander si leur enquête avait déjà donné des résultats.

« Rien du tout, m'avait avoué le plus âgé des deux. On sait seulement que la fille a quitté à pied la maison familiale en milieu d'après-midi de dimanche pour se rendre chez une amie. On sait qu'elle avait une centaine d'euros en poche. C'est pour cela qu'au commissariat nous sommes plusieurs, pour ne pas dire tous, à penser qu'il s'agit d'une simple fugue. Mais,

que voulez-vous, le patron nous demande de battre le terrain. Alors, on bat le terrain en faisant du porte-à-porte. Il faut, paraît-il, rassurer la population...

– Une chose est sûre, madame, avait surenchéri le plus jeune, on n'a rien de rien et, si ça continue comme ça, on va laisser tomber dans trois ou quatre jours.

– Avec les filles d'aujourd'hui, avais-je ajouté, il faut s'attendre à tout. C'est surtout triste pour les parents.

– Vous pouvez le dire. Ils sont dans un état...

– Les jeunes sont ingrats », avais-je conclu dans un soupir.

Ils n'étaient restés qu'une dizaine de minutes. Mais ces dix minutes avaient suffi à me rassurer pour le restant de la journée. Cette petite idiote « avait fugué et plongé ses parents, que je connaissais de vue, dans le désespoir ».

J'avais suivi du regard les deux policiers qui sonnaient chez le vieux Durieux, notre voisin. C'est dans son jardin que Simon avait fait sauter les bouchons de champagne le jour de la communion. Autant pour amuser Audrey que pour le « faire chier » lui. Le vieux veuf sortait rarement et il n'avait même pas répondu à leur coup de sonnette. J'avais hésité à leur signaler que le vieux était là. J'y avais renoncé de peur qu'il s'en aperçoive. Il était tellement mauvais, cette bête !

Simon avait eu des mots avec lui à plusieurs reprises et nos relations étaient déjà assez compliquées comme cela. Il ne nous parlait plus depuis que Simon l'avait menacé « de jeter de la merde dans son jardin s'il continuait à nous casser les couilles ». Si je me souviens bien, le vieux Durieux avait menacé Simon « d'appeler les flics » parce qu'il tondait un dimanche matin. Certes, c'est interdit, mais, franchement, les vieux, n'ont-ils rien d'autre à faire que d'emmerder les autres ? Ils cherchent vraiment à se gâcher leurs derniers jours !

« On a une pleine brouette de merde pour toi !

– Tu ne me fais pas peur », avait répliqué le vieux.

La nuit suivante, Simon avait répandu sur sa pelouse le seau d'excréments et de détritus que j'avais préparé dans la journée.

Le matin, à travers les rideaux tirés, je l'avais regardé nettoyer sa pelouse. Il pleurait. Je ne sais si c'était de rage, de honte ou au souvenir de sa femme qui était décédée d'un cancer (elle aussi) six mois plus tôt. Les gens du quartier disaient qu'elle avait poussé son dernier soupir en le traitant de « sale con », ce qu'il était, véritablement.

Au moins, cela lui avait servi de leçon et il avait cessé de nous embêter. Ce qui n'empêchait pas Simon de l'invectiver régulièrement quand il l'apercevait en train de jardiner : « Alors, vieux con, on ne ramène plus sa sale gueule. »

Je crois qu'il avait peur de nous et je suis certaine que nous l'avions calmé pour un bout de temps. Simon avait continué à tondre le dimanche matin et le vieux Durieux nous laissait tranquille.

Le vieux salaud avait pris sa revanche quand Simon avait été arrêté et que la rumeur s'était emparée du quartier. J'étais en train de quitter la maison dont j'avais tiré les volets lorsqu'il avait surgi par surprise de son jardin pour se planter devant moi. Il m'avait lancé :

« On fait moins la fière, hein ? La merde c'est toi qui l'as maintenant. »

Vous l'avez peut-être remarqué mais les vieux bavent beaucoup quand ils s'énervent. Le Durieux avait bavé sur lui tandis qu'il m'avait poursuivie jusqu'à l'arrêt d'autobus en me traitant de tous les noms. Il était déchaîné. Alertés par ses cris, plusieurs voisins étaient sortis sur le pas de leur porte mais aucun n'avait tenté de me défendre. Au contraire, quelques-uns m'avaient insultée. Comme si j'étais responsable de ce malheur. Alors que, vous le savez bien, je n'y étais strictement pour rien. J'avais fui et, malgré les deux valises trop lourdes, j'étais parvenue à lui échapper. Un vieux, ça perd vite son souffle !

Je ne pensais plus qu'à une chose : m'éloigner de ce déferlement de haine et emmener mes enfants le plus loin possible.

Car j'avais réalisé ce jour-là à quel point les gens pouvaient être méchants et, croyez-moi, j'en ai eu la triste confirmation dans les semaines et les mois qui ont suivi. Dès qu'ils en ont l'occasion, les gens sont d'une impitoyable cruauté et je ne souhaite à personne ce que j'ai enduré.

Le vieux Durieux serait sans doute venu témoigner s'il n'était pas mort entre-temps d'une crise cardiaque, comme l'a précisé en préambule le président Laforge. Les pompiers avaient découvert le corps derrière la porte d'entrée, plusieurs jours après sa mort. J'imagine assez bien qu'il avait dû se traîner vers la sortie pour chercher de l'aide et que, incapable d'y parvenir, il avait réalisé qu'il allait crever seul.

Il n'y avait pas eu beaucoup de monde à son enterrement, soyez-en certain...

Le président lit la longue déposition qu'il avait faite aux policiers quelques jours après l'arrestation de Simon. Le président précise qu'il tient à lire cette lettre car, dit-il, « son contenu apporte des éclaircissements intéressants sur la personnalité de l'accusé ».

Cette vieille ordure était allée recracher tout son sale venin devant les policiers, comme si ce dont on accusait Simon n'était pas suffisant.

Évidemment, la lecture de l'épisode du seau d'excréments retient l'attention de tous et particulièrement de l'avocat général qui y voit « l'acharnement malsain d'un homme violent, cruel et brutal sur un retraité paisible, veuf de surcroît ». Un tel témoignage posthume accable Simon car on ne lutte pas contre un mort. Quant à moi, même si le passage qui me concerne est bref et bien que le président ne s'y attarde pas, je me sens blessée. Dans la déposition lue devant toute l'assemblée, il me décrit comme une femme soumise mais méchante. Franchement, me traiter de méchante, moi...

Le président demande à Simon s'il veut réagir, s'il a un commentaire à faire.

« Non, répond Simon avec une certaine lassitude.

– Non ?

– Non, parce que personne ne me croira si je dis que ce type était une saleté qui nous rendait, moi et ma famille, surtout ma famille, la vie impossible. Alors, croyez-le si vous voulez et passons à la suite.

– Vous êtes pitoyable, Darget », conclut l'avocat général.

Simon ne réplique pas et reprend son attitude habituelle qui agace tellement le tribunal, tête penchée et les mains sur les oreilles.

17.

Exceptionnellement, le dimanche suivant la communion, j'étais allée à la messe de 10 heures avec mes enfants tandis que Simon et les hommes participaient aux recherches dans les bois alentour.

J'étais si angoissée à la pensée de ce qu'ils allaient peut-être découvrir que l'église restait le meilleur endroit pour récolter des informations. J'avais si peur, tellement besoin d'être rassurée… J'attendais de voir si, cette fois, le sort allait être défavorable, après nous avoir épargnés pendant tant d'années.

L'abbé Guyart nous avait demandé d'associer nos prières à celles de la famille de Sonia. « Faites, Seigneur Dieu, que cet enfant revienne très vite auprès des siens. »

Ses camarades de la chorale avaient entonné un vibrant *Ave Maria* qui nous avait tous bouleversés. Soyons honnêtes, je pense que la plupart d'entre nous avaient surtout prié, un peu égoïstement, pour que le Seigneur nous épargne le calvaire que devaient vivre les parents de la petite.

Moi, mes peurs étaient ailleurs. Dans un domaine si douloureux que je ne voulais surtout pas m'y aventurer.

Après la cérémonie, nous avions eu du mal à nous séparer pour rentrer chacune de son côté avec ses enfants. J'avais écouté, sans y participer, les conversations animées sur le parvis.

La plupart s'accrochaient avec obstination à l'hypothèse de la fugue. Seule hypothèse encore admissible dans ce quartier si tranquille.

« C'est une bonne gamine, avait estimé l'abbé, presque rassurant. Mais elle a toujours été un peu difficile.

– Très difficile, vous voulez dire, monsieur l'abbé, avait surenchéri Yvette Huteau. Sonia est venue garder les enfants un soir et je peux vous assurer que je ne l'ai jamais plus rappelée.

– Ah bon ?

– Elle m'a mis un de ces souks... Les assiettes traînaient dans le salon avec une bouteille de Coca entièrement vide et les enfants n'étaient même pas couchés quand nous sommes rentrés. Bernard l'a enguirlandée, mais la petite s'en moquait totalement. Elle a eu le toupet de réclamer son argent et elle est partie en nous disant de ne pas la rappeler. C'était le monde à l'envers ! »

L'abbé Guyart avait cru bon d'ajouter :

« Les enfants d'aujourd'hui sont comme ça, Yvette. Trop gâtés. Mais le principal maintenant, c'est qu'elle revienne le plus rapidement possible.

– Elle était gâtée, pourrie, monsieur l'abbé. C'était leur fille unique.

– C'est leur fille unique, avait rectifié l'abbé avec l'assentiment de toutes. J'ai visité ses parents, hier, ils sont si malheureux que je n'ai pas réussi à les réconforter, les pauvres, ils ne comprennent pas.

– Ah ! si nous savions ce qui se passe dans la tête de nos gosses, avait glissé Françoise Ménech. Les parents sont les derniers informés.

– Quelle injustice, quand même ! On donne tout ce qu'on peut à ses gosses pour qu'ils nous fassent un coup pareil. »

Je n'avais pas repéré qui avait dit ça, mais cette réflexion avait reflété le sentiment général. Ce matin, personne ne voulait envisager le pire devant les autres parents.

Une bonne correction, voilà ce qu'elle méritait à son retour.

Nous nous étions enfin séparés avec la quasi-certitude, si rassurante pour moi, que la petite avait fugué. Je m'étais bien gardée d'exprimer mes propres interrogations.

Après la messe, par pure curiosité, j'étais passée par le pavillon des Chatenet malgré les protestations des enfants qui voulaient rentrer jouer. Comme si c'était un jour à s'amuser... En plus, ce n'était pas un grand détour puisqu'ils habitaient seulement à deux rues de chez nous. Ils possédaient la même maison que la nôtre, avec trois chambres à l'étage.

Il me vient parfois des interrogations un peu idiotes. Tandis que j'approchais de leur pavillon, 14 rue de Flandres, par une sorte de stupide prémonition, je m'étais demandé ce qu'ils allaient bien pouvoir faire désormais de deux chambres libres. Ce serait trop grand pour eux deux et, dans ces conditions, j'avais eu la certitude qu'il y aurait bientôt une maison à vendre dans le quartier.

Pour ça, je ne me suis pas trompée... Il paraît même qu'elle s'est vendue pour une bouchée de pain. Personnellement, je ne pourrais pas acquérir un logement frappé par un drame, même si son prix était attrayant.

J'étais si plongée dans mes réflexions que je ne l'avais pas vue sortir. Quand je m'étais trouvée face à elle, je ne l'avais pas reconnue tout de suite. Heureusement, son laisser-aller et ses yeux si rouges m'avaient empêchée de faire une bêtise en passant sans la saluer. Cette femme était déjà détruite, une loque.

Nous nous connaissions à peine et pourtant, en me voyant avec mes enfants, elle avait éclaté en sanglots. « Je suis si malheureuse, madame Darget. »

Vous savez que je déteste les manifestations d'effusion, mais je m'étais senti obligée de la prendre dans mes bras et de la réconforter du mieux que je pouvais.

Nous étions restées quelques instants serrées l'une contre l'autre. Si fort que j'avais fini par pleurer à mon tour. Puis, elle m'avait abandonnée sans pouvoir articuler autre chose que « je suis si malheureuse, madame Darget ».

Aujourd'hui encore, je n'en reviens toujours pas qu'elle me connaissait par mon nom de famille. Car nous n'étions pas intimes. Juste « bonjour, bonsoir », les rares fois où nous nous croisions.

18.

En milieu d'après-midi, Simon était rentré tout excité de ses huit heures de recherches dans les bois avec trois de ses compagnons. Je n'en connaissais aucun. Simon était prêt à remettre ça, même si la journée avait été particulièrement éprouvante à cause de la pluie. Les recherches n'avaient donné aucun résultat et ils étaient désolés.

Je leur avais préparé des assiettes de jambon blanc et de fromage et Simon avait ouvert une bouteille de bordeaux supérieur :

« C'est un petit vin de propriétaire. Vous m'en direz des nouvelles, avait-il dit en les servant. Je me le fais livrer en cubi : 4,30 euros le litre ! » Et il avait ajouté, content de lui : « Si on retrouve la gamine, je vous refile le tuyau ! »

Comment pouvait-il parader un jour pareil, faire le malin ? avais-je pensé. Et soudain, j'avais réalisé à quel point il me dégoûtait. Pire, je ne l'avais jamais autant haï.

Ils avaient vidé deux bouteilles avant de repartir pour placarder les affichettes avec la photo de la jeune fille. Il était question d'en poser dans toute la ville. Simon en avait sorti une de sa poche. Sonia y apparaissait souriante. Sa forte poitrine d'adolescente pointait orgueilleusement à travers un T-shirt blanc.

« Un joli morceau, avait-il plaisanté en posant l'affichette sur la table.

– Simon, quand même..., avait tenté de dire l'un des hommes.

– Croyez-moi, les garçons, c'est pas une fillette qu'on recherche... Pendant qu'on se fait chier sous la pluie, je vous laisse imaginer ce qu'elle est en train de faire.

– Et qu'est-ce qu'elle est en train de faire ? avait demandé un autre, visiblement aussi émoustillé par la photo que par les propos de Simon.

– Si vous voulez mon avis, je vais faire un mauvais jeu de mots : elle s'est tirée de chez ses parents pour se faire tirer ! »

Ils avaient éclaté de rire : « Ah, ce Simon ! »

À l'exception de l'un d'eux, qui m'avait paru très gêné, mais était incapable de remettre Simon à sa place.

Le procès

Cet homme, un blond un peu falot – comme le sont souvent les blonds –, je le revois au tribunal où il vient raconter cet épisode qui met hors de lui le père de la petite :

« Ordure, saloperie, j'aurai ta peau le jour où tu sortiras, hurle-t-il.

– C'est pas ma faute si ta gamine était une petite allumeuse », rétorque Simon, étonnamment sorti de sa torpeur, avant d'y replonger aussitôt.

Il a fallu retenir le père. Deux gendarmes l'ont ceinturé au sol et le président a dû interrompre l'audience une nouvelle fois.

19.

Ce même dimanche, Simon était revenu un peu après minuit. Il avait allumé la lumière dans la chambre pour préparer sa valise. Comme tous les lundis, il devait partir de bonne heure.

J'avais senti la désagréable odeur d'alcool quand il s'était collé contre moi.

« La ville est couverte d'affichettes. Tu peux être fière de moi : j'ai bossé comme un malade aujourd'hui. Ils sont tous comme des cons à croire que la fille est toujours vivante. Moi, je suis sûr qu'elle est crevée.

– Je suis fatiguée, Simon. Pour moi aussi la journée a été difficile.

– À te tourner les pouces, oui ! Moi, j'étais sur le terrain pour cette petite conne. Alors, j'ai droit maintenant à ma petite récompense. Je ne me suis pas cassé les couilles pour des prunes. Alors, mes couilles, tu vas t'en occuper. Et sans faire la fine bouche, si tu vois ce que je veux dire ! »

Son éclat de rire m'avait dégoûtée.

« Simon, s'il te plaît, pas ce soir. »

C'était la première fois que j'essayais de lui résister. Il n'en était pas revenu.

« Qu'est-ce qui t'arrive ? J'ai envie de baiser, moi. Tu sais bien que je ne peux pas partir faire ma semaine sans tirer ma crampe. D'habitude, c'est toi qui réclames la bite, hein, putasse ?

– D'habitude, oui. Mais ce soir... »

Il s'était énervé et il avait hurlé en me fixant dans les yeux :

« Ce soir, je vais t'enculer, espèce de pute ! Je vais te faire hurler, ma salope ! Mais commence par me sucer. »

J'étais incapable de soutenir son regard. Sa violence était si palpable que je savais qu'il m'aurait frappée si je ne lui avais pas obéi. J'avais donc préféré céder. Comme toujours.

Il m'avait pincé si fort la pointe des seins quand il m'avait pénétrée que j'avais effectivement hurlé, mais de douleur. Il ne m'avait pas lâchée pour autant. Par malchance, cette fois, il avait mis un temps fou avant de prendre son plaisir.

« T'as pris ton pied, hein, salope ! Vous êtes bien toutes les mêmes. Y a que la queue qui vous fait marcher. »

J'avais avalé deux somnifères pour pouvoir m'endormir et oublier ses ronflements chargés d'alcool.

Je m'étais réveillée à 10 h 12, dans une maison vide. Presque gênée de me sentir heureuse d'être toute seule. C'était bien la première fois, depuis mon mariage, que je me réveillais aussi tardivement.

Mon sein droit, douloureux, était tout violacé.

Le procès

Le brigadier-chef Ferchut avait coordonné les recherches sur le terrain et c'est à ce titre qu'il est appelé. À l'inverse de la plupart de ses collègues qui se sont succédé à la barre, le brigadier-chef est impeccable, comme à chaque fois que j'ai eu l'occasion de le croiser. Il a une allure, j'ose dire une prestance, rare dans la police. De plus, c'est un très bel homme, aux tempes poivre et sel et à la fine moustache parfaitement taillée.

Les policiers, vous l'avez probablement noté, sont souvent négligés : vareuses tachées, pantalons pas repassés et coups de peigne approximatifs... Sans parler de l'odeur qui imprègne leurs vêtements, à croire que ces hommes-là n'ont pas appris à prendre de douches !

Avec le recul, je pense que c'est cette odeur, transpiration mêlée de tabac froid, que j'avais eu le plus de mal à supporter pendant mes huit heures d'interrogatoire.

Il n'est pas plaisant de répondre à des policiers, mais je ne leur reprocherai jamais de faire leur travail et il était tout à fait normal qu'ils m'interrogent. Ils devaient étudier toutes les pistes mais ils avaient rapidement admis que j'étais totalement étrangère au crime de mon mari. Je leur sais gré de ne pas avoir insisté, puisqu'il était démontré que j'étais à la maison, entourée d'amis et de ma famille quand le forfait avait été commis. Il n'y avait donc aucune ambiguïté sur ce point. En fait, ils fouillaient dans le passé de Simon et comptaient sur moi pour les mettre sur des pistes. J'avais bien dû les décevoir puisque je n'avais rien remarqué d'anormal dans son comportement passé. J'avais, bien sûr, admis que « Simon s'énervait souvent pour des bêtises, mais de là à l'imaginer en assassin... »

Les enquêteurs m'avaient aussi attirée sur le terrain de l'infidélité supposée de Simon, ses aventures avec des prostituées, ses harcèlements sexuels sur des secrétaires. Mais je n'avais pas grand-chose à ajouter et je ne pouvais qu'éclater en sanglots, blessée par de telles révélations.

« J'ai trop honte », avais-je murmuré. Non, je ne savais rien ; non, je ne m'étais rendu compte de rien.

Je pense que je leur avais inspiré une profonde pitié. Femme abusée et trahie, voilà ce que j'étais à leurs yeux.

Finalement, je m'en étais bien tirée lors de leur interrogatoire et je n'en garde pas un mauvais souvenir, car on doit faire son devoir même dans les circonstances les plus pénibles. Aujourd'hui, quand je repense à cet interrogatoire, je ne me souviens que de leurs odeurs écœurantes, moi qui suis « très olfactive », depuis toute petite. Par exemple, je détestais l'odeur des personnes âgées, à tel point que je ne supportais pas que ma grand-mère paternelle me prenne dans ses bras. Elle puait trop le vieux et l'eau de Cologne.

Mais ne nous égarons pas et revenons à l'adjudant-chef Ferchut. Un homme, je le dis ici au risque de me répéter, aux grandes qualités, professionnelles autant qu'humaines.

« C'est à l'initiative des habitants du Clos des hêtres qu'il avait été décidé d'organiser le dimanche matin une battue dans les bois et les champs qui se situent derrière le lotissement. Nous étions à peu près une centaine, habitants et policiers confondus. Personnellement, je n'y croyais pas trop, mais cela avait le mérite de montrer que la police ne baissait pas les bras. Dans de telles circonstances, il est important que les familles ne se sentent pas abandonnées, même si je penchais, moi aussi, je le reconnais, pour la thèse de la fugue. Je rappelle que nous disposions d'un témoignage, qui s'est révélé fantaisiste par la suite, faisant état de la présence de la jeune Sonia à la gare de Laval, le dimanche en fin d'après-midi, c'est-à-dire le soir même où elle avait disparu. »

Le brigadier-chef se tourne vers Simon.

« L'accusé faisait partie des plus actifs et des plus impatients à commencer. Il ne faisait qu'attirer l'attention sur lui. D'expérience d'enquêteur, il faut toujours se méfier des gens qui en font trop. Le soir même, alors que la battue n'avait rien donné, j'avais attiré l'attention du commissaire Valentin sur lui. Le lendemain, sur le coup de midi ou midi et demi, nous avons reçu un appel anonyme nous conseillant de nous intéresser à un certain Simon Darget, habitant au 21 de la rue Pierre-Lescot. Bien sûr, ce n'était pas le premier appel de ce type que nous recevions, mais, je ne sais pas pourquoi, l'intuition peut-être, nous nous sommes intéressés à lui si bien que, lorsque nous sommes allés le chercher chez lui le samedi matin suivant, nous possédions déjà tout son pedigree.

– Qui a reçu cet appel ? demande le président.

– Moi, monsieur le président.

– Vous avez une idée de la provenance de l'appel anonyme ?

– Une idée, oui. Mais une certitude, non. L'origine de cet appel ne nous avait pas paru essentielle pour le bon déroulement de l'instruction. Nous tenions le coupable, c'était le plus important. Aussi, aujourd'hui, vous me permettrez, monsieur le président, de garder mes idées pour moi. »

J'ai blêmi quelques secondes de peur qu'il ne révèle le nom de son informatrice. Moi. Le brigadier-chef Ferchut est non seulement un bel homme, mais un homme de parole.

Le dernier jour du procès

Simon n'a pas eu les mots qu'il fallait quand le président lui a demandé s'il avait quelque chose à déclarer, avant que le jury se retire pour délibérer. La demande de pardon est bien venue mais avec si peu de conviction, si peu d'émotion.

« J'ai commis un crime terrible, je le reconnais. J'ai détruit une vie et une famille, je le sais. Je demande pardon pour le mal que j'ai fait. »

C'est tout. Pas un mot pour les siens, sa famille. Moi qui l'ai tellement protégé tout au long de ces années.

Il n'a rien ajouté de plus et il a attendu debout, le regard vide, qu'on l'emmène. Résigné. Les efforts de son avocat m'ont paru bien faibles face aux charges de l'avocat général et de celui des parents.

Le verdict

Il est déjà un peu plus de 8 heures, 20 h 03 pour être précise (dans l'hypothèse où l'horloge de la salle des pas perdus est bien réglée). J'attends depuis exactement deux heures et deux minutes quand la sonnerie retentit, c'est le signal pour regagner la salle d'audience. Discrète, je prends ma place dans la queue.

« Ils lui ont vite réglé son compte », commente un jeune barbu derrière moi, tandis que j'attends mon tour pour passer sous l'arceau de sécurité.

La petite foule avance sans précipitation, dans un léger brouhaha de conversations murmurées, comme si elle voulait profiter au maximum de ces derniers instants avant le tomber de rideau sur un procès mémorable. Dans cette petite ville, ils ne sont pas près d'en avoir un pareil de sitôt, avec autant de télévisions et de journalistes.

À cette heure, ces derniers sont d'ailleurs bien les seuls à s'agiter. Combien sont-ils ? Pour moi, une bonne cinquantaine. L'un d'eux, une sorte de bougnoule mal fagoté et mal rasé, a l'incorrection de se planter devant les parents de la petite, très dignes en cet instant, pour les prendre en photo. Un des avocats tente de repousser l'appareil de la main : « Un peu de respect, monsieur ! »

Mais l'autre ne se laisse pas impressionner et continue de photographier ces pauvres malheureux. Il a raison, l'avocat, ces charognards ne respectent rien.

L'avocat entraîne les deux parents à travers la foule qui les dévisage en s'écartant respectueusement. Je les vois disparaître et je me demande quelle sera leur vie, demain, une fois que tout ce tapage aura disparu. J'ai le sentiment que, jusqu'à présent, le procès les a maintenus en vie. J'ose dire, en réanimation ! Que leur restera-t-il, une fois l'assassin de leur enfant condamné ? Que l'immense douleur de ne pas pouvoir revenir en arrière ? De faire et refaire le déroulement de cette journée où leur vie a basculé dans ce malheur infini ? Que l'écrasante culpabilité de ne pas avoir pu empêcher Sonia de sortir cet après-midi-là ? De ne pas l'avoir suffisamment aimée ? Qu'auraient-ils dû ou pu faire pour que la petite soit toujours là ? Comment vont-ils survivre au souvenir de l'abomination des conditions de sa mort ? Ce souvenir les hantera-t-il jusqu'à leur dernier souffle ?

Ils n'ont même pas d'autre enfant pour compenser la perte de leur fille unique. Dans quel état vont-ils se réveiller demain alors que plus rien ne les raccroche à la vie ?

Ensuite, cette pourriture de photographe, pardonnez mes propos mais c'est bien comme cela qu'il faut appeler ces chiens, m'aperçoit dans la file d'attente.

Allez savoir pourquoi, je n'ose pas bouger en le voyant approcher. Je me sens prise au dépourvu, dévisagée à mon tour, et bêtement je crois que je souris au moment où il me photographie. Je voudrais qu'on m'aide, qu'on l'écarte, mais personne n'intervient. Au contraire, deux de ses collègues le rejoignent et je n'ai plus d'autres ressources que de cacher mon visage dans mes mains et de les laisser s'acharner sur moi. J'entends quelqu'un dire : « C'est la femme de Darget. »

Et un autre ajoute : « Elle a dû en baver, la malheureuse.

– Je me demande comment on peut vivre aussi longtemps avec un monstre pareil.

– Surtout sans s'apercevoir de rien... »

Heureusement, vient mon tour de passer sous le portique et je peux leur échapper. Tous me regardent comme si je n'étais pas de leur monde. Peuvent-ils comprendre, ces idiots, que j'ai déjà tourné la page ?

Rassurez-moi : d'avoir été mariée seize ans avec un homme comme Simon ne fait pas de moi une personne anormale, quand même! Quand je me suis donnée à lui pour la vie, comment aurais-je pu savoir qu'il y avait un monstre enfoui dans l'homme qui fut le seul de mon existence. Un homme que je n'ai jamais trompé, Dieu me punisse!

« L'amour t'a rendue aveugle », m'avait dit ma mère en tentant de comprendre. À quoi bon répondre à ma pauvre maman que je n'avais pas été aveugle mais que j'avais préféré ne pas voir. Pis, que j'étais demeurée le témoin muet de sa descente dans l'horreur, avec l'espoir qu'il puisse en réchapper un jour, et moi avec. Que, pendant tant d'années, j'avais été la seule à soupçonner, puis à savoir, qu'il avait commis bien plus atroce encore. Que j'avais compris. Mais que j'avais choisi de ne pas voir.

Demandez-le-moi et je pourrai énumérer la liste précise des viols, des agressions. Les noms des deux jeunes filles qu'il a tuées : Alice Pelletier à Aix-en-Provence et Marie-Lucie Lhateule à Valenciennes. Pour ces deux assassinats monstrueux, d'autres ont été condamnés, faute d'avoir su se défendre convenablement.

Est-ce que je regrette de n'avoir rien dit pour leur épargner une lourde peine?

Non, jamais. C'est à ce prix, celui du silence, que j'avais pu continuer à espérer que nous nous en sortirions.

Après tout, ils devaient avoir eux aussi des choses à se reprocher. Si ce n'est pas pour ces crimes-là, c'est probablement pour d'autres. Aussi, je n'ai aucun remords à ce qu'ils croupissent en prison et subissent le sort réservé à ceux qui ont commis d'horribles crimes sexuels. Ce sort, fait d'humiliations et de brutalités quotidiennes, attend désormais Simon pendant ses longues années de détention. Les autres détenus font payer aux assassins d'enfants leurs propres frustrations. Qu'il souffre, je n'en ressens ni regret ni pitié.

Je me suis débarrassée de Simon quand j'ai fini par comprendre que tout espoir était vain. Finalement, si j'ai des regrets aujourd'hui, c'est que nous ayons échoué. J'y ai sans doute trop cru. C'est ma seule erreur et ne m'en reprochez pas d'autres. Pour le reste, je n'y suis pour rien.

Aucune circonstance atténuante. Simon est condamné à « la réclusion criminelle à perpétuité assortie d'une période incompressible de trente ans ».

« Il a pris le maximum, me glisse Agathe Monbaerts, la binoclarde assise à mon côté. C'était prévu. »

Je ne réponds pas, me contenant d'observer Simon avec la certitude de le regarder pour la dernière fois de ma vie. Immobile, abasourdi, il ne réagit pas, comme s'il ne comprenait pas l'ampleur de sa condamnation. Il ne pouvait quand même pas croire à un miracle, tant sa défense avait été pitoyable... Inutile.

« Vous avez dix jours pour faire appel de cette décision, Simon Darget, poursuit le président Laforge de sa

belle voix ferme en rassemblant ses dossiers. Au-delà de ces délais, la peine sera définitive. La séance est levée. »

Les policiers l'emmènent déjà. Mais les quelques injures, les applaudissements qui fusent de la salle font se retourner Simon. Il parcourt du regard le public debout, qui hurle sa haine de plus en plus violemment. Indifférent aux insultes, il a l'air perdu, et j'ai la désagréable impression qu'il me cherche dans la foule. Peut-être n'est-ce qu'une impression, mais je préfère rester assise et cachée. À l'abri de son regard suppliant.

Épilogue

Heureusement que je me suis dépêchée. Il a même fallu que je coure un peu pour arriver à 21 h 32, soit vingt-huit minutes avant la fermeture. Le patron m'accueille d'un tonitruant : « On ne vous attendait plus ! » Il m'installe à ma place préférée, au fond à droite. C'est la zone non-fumeur d'où je peux observer les clients à mon aise. Le brave homme m'a gardé une portion de sauté de veau.

Vous le savez bien, vous qui avez appris à me connaître, je me damnerais pour ce plat !

Cet ouvrage a été composé et imprimé par

FIRMIN DIDOT

GROUPE CPI

Mesnil-sur-l'Estrée

pour le compte des Éditions Anne Carrière
104, bd Saint-Germain 75006 Paris
en novembre 2007

Imprimé en France
Dépôt légal : octobre 2007
N° d'édition : 445 - N° d'impression : 87932